hüzünbaz sevişmeler*

yılmaz erdoğan

***Sel Yayıncılık**

Babıali Cad. 20 / 1 Cağaloğlu - İstanbul Tel.Fax: 511 10 05

İÇİNDEKİLER

Ağrıyan

KEŞKE

Bir dal düştü elimden yere, ağaç sustu. Bense, sanki yaprak konuşan, dal susan ağaçla sırnaş, yanımda iri göğüslü, küçük burunlu bir düşle sarmaş, oturmaktayım. Diyorum ki,

— Ne güzel, gömleğinin üst düğmelerinden birini açık unutman... Ve oradan sütyen kıvrımının görünmesi.

Diyor ki,

— Ben bir düş'üm. Pornografiye dönüştürme beni. Benim için farketmez ama şiire ayıp olur. Düğmeyi iliklememi istediğin zaman, iliklenmiştir artık. Ama bunu niye isteyesin ki. Senin düşünü kim görebilir?.. İnsan düşlerini bile paylaşamıyor, yazık.

Mor dalgalarından sual olunma yenilgisine tünemiş kırılgan deniz. Kayık tıkırtısının şiiri. Ve her anlaşılmaz cümlenin içinde var olan ve hep yalan yere edilen yeminler... Kimi neye benzettiğini bilmeyen tasvirler.. Sebep ve sonuçlarıyla anlatılamayan bir yığın şeyin arasında düş kuran ben...

Düşmüşüm, haberim yok. Nerden düştüğümün bilincinde değilim. Kendine teslimiyet bir şarkıdan belki de. Ki rast makamında, bir şeylerin küflendiği duygusuna kapılırım. Türk Sanat Müziği engelliyim...

Diyorum ki,

— Seni ellediğim için kızmıyorsun ya bana?

Diyor ki,

— Ben bir düş'üm. Senin. Elleyemezsin. İnsan kendi düşünü bile elleyemiyor, yazık.

Kızıyorum ki,

— Bana, düş'üm deyip durma. Zaten düşmüşüm. Biraz gerçek davranamaz mısın. Sömürü kadar mesela.. Elle tutulur, gözle görülür bir açlık kadar olamaz mısın? Görüyorsun zor durumdayım. "Ben düş'üm"süz cümleler konuş benimle.

Daracık tefecik, fermuara stres, streç bir kot giymişsin. Lastik ayakkabılar hesapta yoktu. Seni seviyorum. Aşkımız hasıraltı edilmiş, enflasyonist duygular yığını. Emisyon hacmimiz daralıyor. Ememiyoruz.

Diyor ki,

— Ne anlatıyorsun sen? Hiçbir şey anlamıyorum.

Hep minareli, ayrıntı camlı camiinin minaresinden, komşunun apış mahremiyetini dikizleyen müezzin, bir dengesizlik ve şevhet anını iyi değerlendirerek aşağı yer çekimleniyor. Ne anlaşılmazdır ki, henüz yere düşmemişken, daha ortada fol yok, yumurtanın birazı rafadanken, ölüyor. Cenazesine konukomşular gelip dedikodu yapıyorlar. Konu, komşu, dedi, kodu birbirine giriyor.

Saçların kendinden permalı. Kuaför çatlatan bir güzelsin. Seni daha önce bir yerde mi gördüm, yoksa şimdi mi uyduruyorum?

Diyor ki,

— Bilmiyorum. Belki bir dolmuşta, bi zahmet şunu uzatabilir misinizleşmişizdir.

Biliyor musun, saçlarım dökülmeye başladığında, bıyıklarımdan iz yoktu. Çok berber sökün etti, muhabbet olsun dert paylaşımına. Seni yanımda tutabilmek için aklıma gelen her şeyi söylüyorum. Daha önce ağır kayıplar verdik. Yenildik ama ezilmedik. Hep beraberliğe oynuyoruz, ondan herhalde.

Bir düş düştü elimden yere, unufak oldu.

Onlar erdi muradına, biz kerevet bulamadık.

Aşkımız, iki gözlüklünün öpüşme çabasıydı. Gözlükleri çıkarmak hiç aklımıza gelmedi.

Diyorum ki,

— Bu yalnızlık bana büyük geliyor. Çok. İç kavgalardan arınıp, büyük kavgaya soyunmak istiyorum artık... Sana söylüyorum.. Beni dinlemiyor musun?.. Heeeey.. Neredesin?.. Nereye kayboldun? Bi dakka.. Dön geri.. Daha sevişecektik.. Ne yandasın?

Bir düş düştü elimdeıı yere. Undan ufak oldu. Onlar el koydu bütün kerevetlere, ben ve ağaç, yaprak konuştuk, dal sustuk. Yazık.

1990

KÖPRÜALTI, VE'LER, VESAİRE'LER

Kimbilebilir hangi dağın sırrına saklandı da güneş, akşam el koydu Galata Köprüsü'ne. Eski çamlar alın terine dönüştü bardak yapımında. Gece, tarihin emir kulu oluşundan öfkeli, geldi çöktü köprüaltına. Hiç görmemişti kendi yüzünü, yorgundu.

Memet'in mezelerden otlanışı ay'ın güneşten ışık araklamasından daha dürüstçe değildi. Ve bir içkiiçeni en sinirlendirici ağız şapırtılarıyla israfa masraf kazandırıyordu. İçmiyordu, yiyordu. Nejla ise inadına çok içiyor, çevreye dikkat çekici, namus dürtücü göz gezintileri yapıyordu. Halil çok kızmaktaki çok haklılığını birayla tedavi etmeye çalışıyordu.

Sazı döven kim? Kaç zaman daha çalışsa müziğe benzeyebilir bu kelpetenle tırnak çekişmesi? Neden çalmaya çabalıyor? Birileri O'nu zorluyor mu? Çalmasa daha iyi olmaz mı? Herkes hangi gücün etkisiyle, sanki saz çalınıyormuşçasına türküler heba ediyor? Kim bu tecavüzü durduracak? Ve hep aynı türküleri söylemek mecburi mi? Bir yiğit gurbete gitse başına neler gelebilir? Buna bayram günü deniyor diye niçin barışalım? Belki çelişkimiz uzlaşmaz, belki kanlı bıçaklıyız da halilim aman kurşun saçacağız?

— Şerefe.

— Pekiyi.

— Seninle aynı görüşte olmadığımı söylemek zorundayım.

— İyi.

— Ne demek "iyi". Seninle aynı görüşte olmayışımın neresi iyi? Bir tane daha alayım.

— Merhaba, n'olsun içiyoruz işte.

— Bir kere seninki şiir değil oğlum, şiire anal tedavisi.

— Leylimleeeey, leylimley.. Ayın şavkı vurur sazım üstüne.

— Pekiyi diyelim ki sen haklısın, bireyi anlamıyoruz. Birayı anlamıyoruz. Benim rakımı kim içti?

— Ha, şerefe moruk.

— Kardeş, bize bira. Çok.. Sen yüzelli tane getir, biz içinden seçelim.

— Ne yaptınız bugüne kadar, birini söyle.

— Bana da çerez söylesene.

— Yedi tepeli şehrimdee.. Neydi lan devamı?

— Yanlış kıtadan girdin salak.

— Ne?

— Yok bir şey.

Masalarda dolan, boşalan yenik içki bardakları. Bitişik omuzlar arasından yürümek, tanıdık arayışına yönelik bakışlara güçlük getirmekle birlikte, yakışıklı bir mizansen oluşturuyordu. Hemen bir masaya yazılıp şu mayıştırılası ve tahtakurusu alkolsüzlüğe son verme isteği işin duygusal yanıydı.

— Arkadaşım kusura bakmayın, konuştuğumuz konuyla ilgiliyim de. Bana güvenmeyebilirsiniz ama emin olun ki ben polis değilim.. Ağbim polis.. Şey, ben espri yapmıştım. Pardon. Allahaısmarladık.

— Afedersiniz oturağınızı biraz, hah, sağolun.

— Şerefe.

— Şey diyordum.. Ne diyordum ben ya?

— Ulan çıksana artık şu keneften. Haftada bir gün mü sıçıyorsun nedir? Belli, bu da kenefte kütüphane girişimcilerinden. Hadi be.. hele şükür... Ohh.. Yazılar.. "Rakı güdümünde devrimcilik yapmak kolay şerefe", "Çiğdem seni seviyorum lan ibneler", "Biraz daha sıkarsam bağırsaklarımı sıçacağım. Ulan ben kabız olacak adam mıydım be.."

— Ağbi şu masadaki herifler dün de buradaydılar. Ve aynı bugünkü gibi pis pis etrafı kesiyorlardı.

— Eee?

— Fazla emniyetli bir yer burası.

— Ya bırak allahaşkına bunca yıllık siyasiyim, hiç rakı içerken tutuklanmadım.

— Drama Köprüsü Haasan.. dardır geeçilmez bre Hasan.. Lan nerdedir bu Drama ve ne anlatıyor bu yerli drama köprüsü?

— Birader böyle iş olur mu? Sen git...

— Nereye?

— Nasıl?

— Sen git, dedin ya.

— Yok oğlum sen değil, o gitsin.

— Kim?

— O ibne.

— Hangi ibne?

— Ulan kim olacak...

— Nejla iyice uçtu baksana.

— Allah belasını versin.
— Üzülme. Nejla'nın huyudur. Benimle birlikteyken de böyleydi.
— Ne. Nejla ne zaman seninle birlikte oldu?
— Sana söylemedi mi?.. Hassiktir sıçtık.. Ama... Şey.. Çok kısa sürmüştü.. Yani ilişkimiz önemsizdi. Üzülme, sekse fazla ağırlık vermedik.
— Ne diyorsun sen be? Bana bira getirin. Hayvan herif.
— Ağır ol bakalım, ne biçim konuşuyorsun?
— Hey, n'oluyo be? Bir de kavga edin bari..
— Ben gidiyorum Nejla..
— Dur lan nereye?
— Aaa, gitti.
— Siktiredin.. Kim işedi lan üstüme? Allah kahretsin.
Köprünün üstünde serinletmeyen ama yine de erimeyi önleyici sulusepken bir esinti. Halil biraz önce takındığı, masayı hışım içinde terkeden jön tavrından henüz sıyrılamamıştı. Bacaklarını yalpalamaktan vazgeçirip yürümeleri için ikna etmeye çalışıyordu. Kaçıyordu, Nejla'dan, biradan, türkülerden, kavram güreşlerinden, tartışmalardan, sözcük soykırımından...
— Birader olacak iş mi? Sen git...
— Nereye?
— Efendim?
— Sen git dedin ya be oğlum.
— Yahu sen değil o gitsin.
— Kim?
— O ibne.
— Hangi ibne?
— Nevzat, kim olacak?

— Nevzat birisi mi olacak?
— Ya birader kıllı Nevzat yok mu bizim?
— Var.
— İşte o ibne.
— N'oldu ki?
— Sorma.
— Sormuş bulundum bir kere.
— Hayır ağbi, onun için demiyorum. Yani ne sen sor ne ben söyleyeyim manasında.
— Pekiyi, o zaman sormamış olayım, unutalım gitsin.
— Allah allah.... Ben onun için şeetmedim.
— Kim şeetti pekiyi?
— Ne diyorsun sen be? Senin adın neydi?
— Adım mı? Ulan bunca yıllık arkadaşız, adımı unuttun öyle mi?
— Sarhoşum, n'apiyim?
— Tamam mesele değil, Kâzım.
— Kazım kim?
— Benim. Ayrıca Kazım değil, Kâzım.
— Niye söylüyorsun ki bunu? Biz bilmiyor muyuz bunca yıllık arkadaşımızın adını?
— Manyaksın oğlum sen.
— Sensin manyak. Bana kimse manyak diyemez oğlum.
— Oğlum senin babandır.
— Yok ya? O zaman ben de senin torunun oluyorum, öyle mi? Sen şimdi benim anneanneme kaydığını mı ima ediyorsun? Hı?
— Anneannene değil babaannene.. Ben gidiyorum kardeşim.
— Git.. Bir daha da gözüm görmesin seni.. Yavşak.
— Siktir lan.

Gürültü pis bir sarmaşık gibi. Ve Kâzım ve sinirli ve üzgün ve hızlı yürüyor ve nerdeyse koşmaya yetişecek ve fakat ve benzerleri.

— Arkadaşlar bu tip konuları rakıya meze yapmayalım.

— Kim ulan bu?

— Hilmi.

— Ne var?

— Şu masadaki herif iki saattir bana bakıyor.

— Deme kız. Adam rekor kırmış haberi yok. İki saat aynı yere bakmış. Ben bu azme ancak saygı duyabilirim.

— Sen dalga geç. Bazıları buna namus meselesi diyorlar. Dikkat ettiysen imalı konuştum Hilmi.

— Öyle ya.. Şimdi seyret.. Arkadaşım bir dakka konuşabilir miyiz, pardon şu oturağı.. Sağolun.

— Buyrun.

— Sevgilim iki saattir O'na baktığınızı söyledi.. Ve bunun bir namus meselesi olduğuna kesin gözüyle bakıyor. Burnunu kırmak zorundayım yani.. Bardakları kırmayalım şöyle yukarı çıkalım diyorum.

— Bi dakka bir yanlışlık var kardeş.

— Ne gibi?

— Ben şaşıyım ve tam olarak nereye baktığım henüz tespit edilemedi.

— Haa.. Evet.... Öyle mi?.. Çok afedersin kardeş. Çok pardon.. Sıcak soğuk ne içersin.. İyi günler........... Kızım manyak mısın sen? Beni de rezil ettin?

— Niye?

— Çocuk şaşıymış. Yani sana baktığını sandığın sıralarda o, ters taraftan Edirne sırtlarına bakıyormuş.

— Sen öyle san. Şaşı maşı, adam gözleriyle beni

soydu. Herkesin içinde donsütyen kaldım. Üşüyorum.

— Tamam kapatalım bu konuyu. Hatta bu konuyu gömelim.

— Hayır kapatmayacağım. Zaten senin gibi..

— Evet devam et, benim gibi ne?

— Giderek çürüyorsun. Çürütüyorsun bizi farkında değilsin.

— O ne demek öyle?

— Anlamanı beklemiyorum zaten.. Sahiplenmekten başka bir şey yapmıyorsun.

— Ne diyorsun sen be?

— Söylediklerim çok açık. Bir şey anlatırken bana bakmıyorsun. Çünkü ben senin malınım, başka biri değilim. Elimi iş olsun diye tutuyorsun. Erken boşalıyorsun, özür bile dilemiyorsun.

— Allah belanı versin Aysel.

Koşarak çıktı merdivenlerden Hilmi. Hesap ödemedi. Başı dönüyordu. Ve midesinde çığlık kıvamında bir bulantı. Köprünün üstüne abanmış yıldızsız gökyüzüyle yüzleşti kusarken. Utandı. Nedir bu yalanla sıvanmış içmeler? Yok o bana baktı, yok örgütlülük sorunu, o varken herif beni kesiyor, yok bilmem ne, yok allah belanı versin.

Köprüaltında önüne bakmadan ilerleyen gece, içki bardaklarını, midye dolmaları, kabuklarını, çiğ börekleri, çiğ köfteleri, çiğ sohbetleri, telefon-adres alışverişlerini, hesap ödemeleri, çıkması önlendikten sonra derin ve anlamsız bir sohbete yol açan kavgaları, türkülü türküsüz kusmaları, turistlerle konuşurken heba edilen türkçeleri, ingilizceleri, almancaları ve artık kapatıyoruz kovulmalarını birbirine düğümleyip bitişine kavuşuyordu.

Geceyarısı, köprülaltı sakinlerini her zamanki gibi, anlayışlı ve sabırlı bir sarhoşkahrıçeken yüzle karşıladı.

Hüznün şiire en yakıştığı ve ölümün en yüreklice selamlandığı zamandı. Bir alkol spazmını kokluyordu martılar. Her suçu üstlenebilir, her şeyi anlatabilirdi şiir.. Utanmasaydı...

1989

HÜZÜNBAZ SEVİŞMELER

Adam, sessiz sebepsiz aşklarının uğultusunu dinleyerek, hatta ve zaman zaman, bu seslere içten içe yanıtlar yetiştirerek yürüyordu, kaldırımı kendisinden büyük yolda. Bulutlar vardı, mor, gri, beyaz, kül rengi bulutlar. Bu, mor gri, beyaz, kül rengi bulutlara bakadurdu bir süre. Ve yürüdü Adam mor, gri, beyaz, kül rengi bulutların gözetiminde kendisi kaldırımından küçük yolda.

Simitleri gerçekten gevrek ve sıcaktı vapurdaki simitçinin. Simitleri satılsın da para kazansın diye bağırmıyordu, bir gerçeği dile getiriyordu insanca. Ama kimse inanmıyordu. Adam inanıyordu ve belki de bu yüzden buluştu gülücükleri, vapurun çok kuytu bir yerinde.

Suya baktı Adam, sudaki yüzüne, kendisine. Kim, nerede ve ne zaman kendisidir? Deniz, parıltısı gözde yansıyan, mavilere giyinik bir sonsuzluktu o zaman.. Mavi'den siyah'a kaçak ve mor'a meyilli, alışık gözlere yeniyeşil gökkuşakları sunmaya üretken çılgın bir ıslaklık.. Islandı gözleri.

İndi vapurdan. Vapur rahatladı. Hafifçe gerindi kaptan.

Adam ince ince gülüyordu. Körpe körpe, köpüre köpüre cilveleşen denizin kıyısında.. Yakışıklı mıyım, diye sordu Bıyıklı Adam'a. Bıyıklı Adam orada değildi, duymazlıktan geldi. Bıyıklı bir adama yakışacak davranış değildi ama bıyıklı adamlar davranışacakları zaman bize sormuyorlardı. Çok az insan bilir soru eklerinin ayrı yazılması gerektiğini. Bıyıklı Adam da bilmiyordu, zamanın düşünceden ayrı yazılacağını.

Yakışıklı sayılırsın, dedi Dilsiz Kadın. Yıllar yılı herkesler O'nun kör olduğunu sanmışlardı. Kör olmadığını görememişlerdi ve yine yanılmışlardı. Yanılmışlıklarını yinelemişlerdi de denebilir ama bu gerçeğin façasını değiştirmez. Zaten hangimiz değiştirebildik ki, az buçuk gayri safii milli hasıla telaşlanmalarını?

Değiştirmek gibisi var mı, dönüşmek gibisi? İçine hagayretlik getirdiğin küçük evrak çantası ve özel kalem müdürü yaşantısının içinde bir çıban asilliğinde aykırılaşmak.. Birinci Adam olmak da var, Yoldan Geçen Adamın Sesi olmak da.. Ya da hiç zamanlanmadığı halde, bir teşrifatçının teşrifatına sanık olarak, en arkadan kendi filmini izlemek de var...

Kadın ürkek ve çorabıkaçmışçasına tedirgin ve trafik kurallarına özenli adımlarla geçti kırmızı ışıktan.

Söyleniyordu.

— Neden sevgililer içi el teri paylaşımında bulunamıyorum. Seni seviyorum, öyle mi? Niye? Söylenmiş replikleri yinelemek mi bütün işimiz? Yoksa darağaçlarının izdüşümününe serpiştirilmiş doğruları mı doğrultmaya didiniyoruz?

Kadın, dalları salkımsacak özentili bir ağacın gariban gölgesine sokulurcasına, sessiz bir çığlık attı, teri diz boyu otobüs sıkıntısının içinde:

— Ben otobüste değildim ki.. Kırmızı ışıkta durmaya

çalışıyordum. Neden başkasına ait kendi kaderimin tayin hakkı?

Adam bankta, Kadın otobüste terlemekte.. Saatler zamanın olağan seyrinde, sancı içinde.. Belki birbirlerine verebileceklerinin çoğunu tüketmişler görücü yöntemi yazgılarında ama yine de anne sütü sıcaklar saklıyorlar, ikili düşlere yamanacak. Görseler, sezebilseler, konuşacak bir konu başlığı ortaya atmanın ve paylaşmanın delideşik sevincini.. Merhaba, nasılsınız, siz kimsiniz, ben nasılım, siz O musunuz, sağolun, tanıştığımıza memnun olmak issiz O musunuz, sağolun, tanıştığımıza memnun olmak isterim, beni hayal kırıklığına uğratmayın, sağolun kullanmıyorum..

Kadın bankın biraz gerisinde durdu. Karşıya baktı. Karşılara.. Kimi kimsesi olmayan nice kimseler bakıyor, kirli duvarlara yazılı, çok zaferler özlemiş yazıların, artık soyut resim olmuş haline, diye düşündü. Siyahla umut yazılmış, polis beyazla silmiş, diye düşündü. Diye düşünmek özgürce. İsteyen istediğini, diye düşünebilir, diye düşündü.

Adam, rüzgara aldırmadan bakıyordu Kadın'a. Kadının küçük ama dikbaşlı, varlığını her fırsatta duyurmaya çabalı armut memelerine.

Keşke öyle oturmasaydı Kadın. Keşke, düşlediğim gibi, amaçlı sonuçsuz yolculuklara hazır, ölümle alaylı bir huzurla bırakı-düşü-oturuverseydi.

Merhaba, diyebilseydim.

Siz kimsiniz, nedensiniz, sorabilseydi.

— Merhaba, dedi Adam,

— Merhaba, dedi Kadın.

Oysa az geride, olmamış bir sevda böyle bitmişti:

(Sana söylemeliyim. Haksızlık bu. Anıa öyle incesin ki ya kırılırsan, bu dikensiz akşamüstü?.. Bileklerim incinir, yüreğim burkulur inan.. Sana bitti demek, üzgünüm söylemek, kal gitme, ben giderim, ben ölürüm, hasretler eritirim omuriliğimde.. Ayrılalım.. Dur, düşürme gözlerini katışıksız hüznüme. Hayır, ağlama n'olursun.. Gemilerin çürür batak sularında, intiharlara jilet olur. Acım sırrına erdirmez. N'olursun ağlama. Biliyorum hazır değildin, beklemiyordun ama o güzel gözlerini yalanlamak...

— Ama.. ben..... seviyorum.. neden?

Ağlama n'olur..

Gözyaşın hüzün büyütür, damlar yüreğime geceleri.. Kapa parantez)

— Şiire inanır mısınız, diye sordu Adam.

— Şair misiniz, diye sordu Kadın.

Kadife pantolon giymişsiniz, ne güzel. Kalçalarınız federe, memeleriniz ufacık. O'nun da öyleydi. Ama hiç kadife pantolon giymezdi. Gri, yırtmaçlı bir eteği vardı, çok sık giydiği. Saçları kısaydı. Kısa saçlarına gri etek yakışırdı. Gri etek giydiğinde, saçları yırtmaçlı bir kısalığa bürünürdü. Bilirdi uzun gömlek sevdiğimi ve yaprak dolması. Asıl işimiz bilmek değil. Kısa saçları, gri yırtmaçlı eteği ve uzun gömleğiyle severdi beni bilmeden.

— Okumak isterdim şiirlerinizi, dedi Kadın.

Yüzünüz sivilceli. Kadife pantolon giymişsiniz. Dudaklarınız öldüm ölesiye güzel. Yanaklarınız anlatılmamalı. Şarap içiyoruz yanaklarınızın rengine. Bankta filan değil evdeyiz şimdi. Saz çalıyorum, türküleri paylaşıyoruz, kimsenin imzası olmadan. Bütün türkülerimiz ve şarap anonim. Demiri toz ediyorlar sevgiyi yoz.. Güzel uyak.

— Ben de şiir yazıyorum, insanlara rağmen.
— Neden insanlara rağmen? Oysa insanlar için olmalı.
— Yok ya? Niye?

Bir kinaye gülüşle kaldırdı şarap kadehini Kadın. Demek tartışacağız. Demek sözcükleri ayıklayıp seçip savuracağız birbirimize.. Ne güzel. Ne sıcak.

Öpmeli o dudakları düşüncesi, Adam'ın içinde kıvranıyordu, aç bir salgı gibi. Yüzünün sıcaklığında döllenme isteği.. İlk öpüşmeler.. Sabah, zamansız uyanmalarda duyulan uyku hasreti.. Kırılasıya susamışken, durup bir süre izlemek berrak suyu.. Kimi öfkelerden alnının akıyla sıyrılması insanın...

Öpüşerek gidilir gizlerin kolkola gülümsediği yere. Öpüşüyorlardı. Dudaklardan beyne transit taşımacı sinirlerin cümbüşü duyuluyordu kulaklarında.. İri, öpbenili dudaklar.. Öpüşüyorlardı.. Hiç tanınmayan toprakları eşeler gibi.. Suları göbekten damlatır gibi geceye.

Saatlar geçiyordu, daha öncekiler gibi. Biri öncekinden yanlış, biri berikinden yalnız. Akrep yelkovana alışık. Alışmışlık işte: Bir vazoyu her zaman aynı yerde görmenin, görmek istemenin aşağılığı...

— Biz alışmayacağız, değil mi?

Zamanlar zamanların peşisıra, belki'li, acaba'lı, herhalde'li bir alışmışlığı yürütüyorlardı. Dudaklarda öfkenin, sevincin, birini, birşeyi bulmuşluğun izleri.. Ve kaybetmek korkusu.

(Sarıl bana. Son bir kez belki ama n'olursun sarıl. Öpüşelim yine. Binlerce kez hükümran olduğum o dolgunluklar, neden ırak şimdi, sevincimin dalga dövmüş kıyılarına? Neden daha öpbenili bu ölüm dudaklar?.. Neden iç kıran heyecanlar, yangılar üretiyor bin akşam dayandığım duvarlar?.. Öpüşelim.

— Pekiyi, dedi Kadın.. Son ve tek..

Öpüştüler, öpüşmek denirse. Üşmek değildi, üşmek yoktu. Sadece öpmeye telaşlıydı Adam.

— Sevişelim, dedi Adam.. Son ve tek.

— Hayır, yapamam.

Hayırlar, yapamamlar uzaktı. Olmazlar öykü...

— Başkasını seviyorum, dedi Kadın. O'na karşı...

Yani.. Öyle işte...

O?.. Demek o, onlar var artık? Ama benim, bilmiştim, sıcak şiirimsi bel kıvrımını. Nasıl olur da nasıl olur sorusunu sorar olurum? Demek şimdi o tüttürüyor şiirimizi? biz yazmadık mı? Düşümüzden tırnağımızdan arttırmadık mı?)

Öpüşmeler acımasızca yetersiz kalmaya başlamıştı. Çekimser, dokunulmaz, bakılmaz yerlere gidiyordu seyir. Adam ve Kadın doğal bir sete takılmışlardı. Doğallığın ilkel inatçılığına.

Demek bakiresin.. Kadife pantolon giymişsin bakireliğine.. Ne güzel.. Bu yüzden mi kalçaların federe, memelerin ufacık?

(Gitme, Dur... Yalnızım.. Ünlem işaretleri büyüyor içimin yanık aydınlığında. Gitme.. En aptal şarkılardaki yalnızlık bu.. Elim şair sancılarım.. Gidişin... Akşamdan akşama demlediğimiz sevda.. Birbirinizi seviyorsunuz, bunu anlıyorum. Hayır anlamıyorum. Biri birine gel beraber bir olalım demiş, biri yalnızmış biri gibi, birbirleriyle bir olamayacaklarında birleşince fikirleri biri birine, O'nunla birlikteyiz, birbirimizi seviyoruz, demiş.)

— Neden konuşmuyorsun insanlarla? Onlar benim arkadaşlarım, diye bağırdı adam.. İlk kavgadan son kavgaya giden yolun ortasında.

— Biz de mi çürüttük yoksa?

Gittin.. Arkana bakmadan... Benim, arkana bakıp bakmayacağını düşündüğümü düşünerek. Farelerin bile kemirmekten usandığı film şeritlerindeki gibi. Beni bırakıp kimsesizliğin ülser gecesine, gittin.. O'nunla giyeceksin kadife pantolon gecelerini............

Çoğunu anlatamadım seni sevmelerimin. Kadife pantolon giymiştin çünkü. Kalçaların federeydi, memelerin ufacık.. Sıcaktı, güzeldi. Tarihlerden di'li geçmiş zamandı. Geniş zamanlara sarkıyor şimdi yalnızlığımız.

Adam bankta oturmaktan sıkılmıştı, Kadın karşılara bakmaktan. Adam banktan kalktı, Kadın karşılara bakmaktan yorgun. İkisi de ayaktaydı şimdi. İkisi de ayakta oldukları halde, insanlar telaşlıydılar. Kadın Adam'a baktı, tıpkı karşılara bakar gibi. Adam Kadın'ı süzdü bir an, bankta oturur gibi..... Sonra yürüdü Kadın, karşılara.

Adam başka, Kadın karşılarda. Saatler zamanın herhangi bir yerinde sancı içinde.

Yalnızlığın geniş zamanında Adam, Kadın ve saatler...

1989

BELKİ DE....

Çay bahçesini öyküleyen yalnız kadın, yanından geçip gidiyorum, haberin yok. Yanımızdan geçip gidenlerden hiçbirimizin haberi yok. Benim yörüngemde, O'nunla karşılaşmak umudu var. Birden eli öpülesi bir rastlantı biter, belki çantası açılır, kağıtlar dökülür suya, ben toplarım, hemen verip gitmek ayıp kaçacaktır, şurda biraz oturulur, bazı mecburiyetlere şükran sunulur, kızın adı Şükran değildir, gözler gözlerle tanışır, falanlar filanlara hamiledir... Senin bunlardan haberin yoktur.

Çay bahçesindesin ve garsonla göz göze gelmeme uğraşındasın. Canın çay istemiyor. Beni beklemediğin belli. ama benim beklediğin kişi olmadığım nerden belli? Belki benim O.

Düşünsene, seninle yürüdüğümüz yolun bir yanı kır, ötesinden tren geçiyor. Kondüktör, o tren sıradanlığının üstünde, o kan, o ter içinde bizi farkediyor. Ve akıp gidyor hafızası.. Yıllar öncesi.. Mahallenin lacivert bulutu, kasabın kızı Nilgün...

KONDÜKTÖR - Ne şirin komşu kızıydı Nilgün. Entarisinin göğsü geniş. Bi eğilse karşıki dağlar ereksiyonlara gark olacak. Çiçekli entari rüzgar beklentisinde. Entari yaşıyor be.. Çiçekler insan ağzı gibi güzel.. Nilgün'ün percereye çıkışı, perdeyi tam kapatmayışı ve hangi yönetmenin fantezisi olarak küçücük aralıktan şöbiyet profil sunuşu.. Nilgün, en güzel resimli boyama kitabıydı çocukluğumun sokağında. Bir hıyarla evlendi sonra kasabın kızı Nilgün. Zorla değil, gönül mecburiyetiyle. Et kokmayan bir ev özlemine sevda adını verdi.. Çiçekler döküldü entariden. Kapandı perdenin aralığı.. Işık perdeye çarptı.. Işık öldü.. Entari öldü.

Kondüktörü bırakıyoruz kendi aksak ritmine. Yürüyoruz. Doldurmuşsun elimi elinle. Belediye otobüsündeyiz. Karşımızdaki koltukta, pişmanlıkları saçlarını kırlayan adam tuhaf bakıyor sana. Göziçine...

PİŞMANLIKLARI SAÇLARINI KIRLAYAN ADAM
- Tuhaf şey... Saçlarının kıvırlığı aynı Nezihe. Kaşaltından gülüşü say ki Nezihe'nin kıkırdaması. .... Niye yalan söyledin be Nezihe? Niye? Fazıl benim arkadaşımdı. En yakın. Gözüme kan otursa O'na sorardım. En rahat O'ndan isterdim cıgarayı. Büyük oğlumuz Rıfat öldüğünde önce Fazıl'ı aramamış mıydım? Önce O'na ağlamıştım sonra kendime.. Sen ve Fazıl.. Dölyatak oldunuz Nezihe.. O gün, hiç sevmediğin, zemheri karanlığı dediğin sokağımızın köşesine büzdüm kendimi. Kışkıyamet bir akşam, hatırlarsın. Kar suyu karıştı gözüm yaşına... Artık kovuyorum biliyor musun, yanıma insanca so-

kulan sokak köpeklerini.. Hiç bilemedim ama Nezihe, niye?... Tuhaf şey... Saçlarının kıvırlığı aynı Nezihe.. Tuhaf şey...

Yollar sabır çağrıştırıyor. Belki eşya, sabrın tortulaşmasıdır. Yürüyoruz.

Bir camii hüznüne düşüyor yolumuz. Avlusunda yan yana dizili tabutlar. Ölenler şöyle...

Bir manifaturacı. Dükkandan arkadaşları getirmişler eve. Gözlükleri kayıp. Bulunamadı.

Bir kadın, tırnaklarının arasında hamur.

Sonuncusu trafik kazası.. Ölen genç, geriye kalanların hepsi ihtiyar.

Buna rağmen, hâlâ yürüyebiliyoruz seninle. Ne yani biz de mi ölelim diyoruz. Kimse yanıt vermiyor. Yürüyoruz.

Biraz kulak kesilip dinliyoruz. Konuşmalar, konuşmalar...

Çay bahçesindeki kadın, seninle ışıkları söndürmek de mümkün. Kendimi sana anlatma çabası, çayın demi kadar içten.. Ve sancılarıma ortak etmek seni.. Havar, demek sana, havar ki ucunda ölüm var. Sarı saçların, köpüklü gibi sanki, uzun.. Onlara, misal, Halepçe'yi anlatmak. Adının Kürtçe'deki anlamını soruyorsun bana.. Hatırlamıyorum. Havar, diyorum sadece. havar ki ucunda ölüm var. Soykırımlarda dul kalır geceler, türkü olurlar. Ama senin haberin yok. Sıralarını savarlar, sır olurlar. Ruhun duymaz, maneviyatın üşümez...

Çay bahçesindeki yalnız kadın, sana bakışımdan ekşime! Gözlerindeki firar boşuna. Zamanın koynunda sakladığı yaşanılasıların yanından geçip gidiyoruz. Hiç düşündün mü belki'yi? Belki de eline en yakışan takı benim elim. Belki de en belli olacak yalan benim söylediğim.. Belki sen ve belki ben.. Belki yıllar sonra.. Tuhaf şey.. Saçlarının kıvırlığı aynı Nezihe...............

1989

GİZLİ ÖZNE

Sıcaktı.. Göz göre göre sıcaktı. El değmeden hazırlanmıştı her şey.. O vardı.. Bir de Öbürü.. O, Öbürü'ne, Öbürü O'naydı. El değmeden ve göz göre göre sıcaktı.

Yokuştu.. Bir yılgıyı tırmandırırcasına sıcaktı yokuş. O yokuşun başındaydı. Öbürü de. O da öbürü de yokuşun başındaydılar ve sıcaktı ve göz göre göre ve yokuş yokuş sıcaktı. "Sapı kanlı demiri kör bir bıçaktı sıcak." Ve dibi uzak, yolu trafikli bir eziyetti yokuş...

Kuşluk vakti kimse geçmezdi buradan, (kuşların dışında), nedense?

O, soruyordu durmadan, Öbürü'ne.. Yani sorarken duramıyordu.. Belki de bir an durayazsa, soramayacaktı. Durup dururken, yaşamsal bir sevimsizlik taşıyan ve ister istemez gibi insanlık dışı bir kalıp içinde boyun eğmek zorunda kalınacak bir soru, tarihin küflü döşemelerinde parafinlenip gidecekti. Neden sonra?.. durdu ve sordu:

"Neden?"

Öbürü durdu ve baktı, havada oksijen, azot ve bilmemne adıyla geçiştirilebilecek denli önemsiz, yağlı güreşlerde kıllı göbekleri gökyüzüne nallayacak kadar önemli moleküllerin arasında, doğuştan bükük boynunda kimbilir neler gizleyen soru işaretine.. "Neden olmasın?" diye sorularak O'nun sorusunu, moleküller arasında bir kıçlık yer ayrılmasını da rica ediyordu, farkında olmadan.

O, böyle tek sözcük gizemliliğini sevmezdi. Sevmediği şeyleri neden sevmediğini göstermeyi severdi.

— Böyle tek sözcük ve soru işareti katkılı, hammaddesi hesapçılık olan konuşmalarından bıktım!.. Ne yani, ben de herkes gibi bir şeylerden bıkamaz mıyım?

Önlerinden, bir ünlemi etkisiz hale getirecek kadar uzun süreyi kaplamaktan öte anlam taşımayan, bir otobüs dolusu problem geçti. Bir duraksama..

— Senin 'ben' dediğin.. daha doğrusu, sürekli ben demen.. çok daha doğrusu senin 'ben' saplantın... öff...

Sustu. O'ydu. Tekliyordu. Tekleyen ve susan O'ydu. İki lafı bir araya getirmişti ancak bu iki laf, kendilerine uygun bir anlam edinememişlerdi. Oysa, çok şey istemiyorlardı. Şöyle ilk okunduğunda, şaşırtmasa, düşündürmese bile, yine de bir şey demek olan, eli ayağı çok düzgün olmasa da, bakıldığında, el ve ayak olduğu anlaşılan bir anlamdı aradıkları.. Bir tek onlar değildi ki, aradığını bulamayan.. Bizzat ben, bendeniz, saçımı sakalamı rulo yapmış sessizliğimle anlam beklediğim, mantık pususuna yattığım günleri hangi anlamsızlık bana unutturabilir. Beyaz dosya kağıdının (Dosya kağıdı! Anlamdan bahsediyorduk değil mi) göbeğine, hatta tam göbeğine de değil göğsüyle göbeği arasına -Belki gerçekten göbeğine yazsaydım daha iyi olurdu (Neye göre?) — yazdığım, "Sana, beni şeftali kokmuşlar" cümlesini hangi Aristo mantığı açıklayabilir? Aristo'yu Aristo'ya anlatan daha mantık düşkünü babayiğit tanıştı mı tarihle: Elinde bir kadeh baldıran, o bar senin, bu bar sahibinin.. Çıktı mı ortaya, göğsünün kıllarını gere gere, Bandırma'ya bandırmak için gidildiğini, aslında karayollarının durumu yanlış değerlendirdiğini anlatacak, ırza geçmelerin önce beyinde kanlandığını gösterecek bir göstermeci?

Bir yerde oturalım önerisini kimin ortaya attığının önemi yoktu. Artık oturmuşlardı ve önemli olan da buydu.

— Aslında sorun, beni anlamaman dedi. O, yılgın, kızgın, kırgın...

— Ben, derken, kendimden söz etmiyorum. Genel anlamda 'ben' kavramından dem vuruyorum dedi Öbürü, demli çay gelirken.

— Böyle bir toplumda kimsenin kendi 'ben'ine torpil geçmeye hakkı yoktur. Erdem dediğin çifte pasaportludur.

Susuldu. Oturdukları yerin önünden tukalar geçiyordu. İki takatukacı tartışıyordu, havadan sudan. Birinci takatukacı ikinciyi, çevrenin doğal dengesini bozmakla suçluyordu. Biz ki, ozon tabakasını delen bir ırkın göbekbağlı torunlarıyız, diyerek alaya alıyordu berikini.

Dilenci, sanki sonradan monte edilmiş (Bilirsiniz, elaleminkileri burada monte ederler, montaj sanayii acaip gelişmiştir) elini öne uzatmış, iki gündür aç olduğunu söylüyor, bir ekmek, hiç değilse yarım ekmek parası istiyordu. Bu konuda katı davranmıyordu, pazarlık yolunu açık tutuyordu. Ama herkesler, iki gündür yarım ekmek parası bile toplamayan dilencinin yeteneksiz olduğunda oylarını birliyor ve para vermiyordu. Böylece dilencinin yarım ekmeksizliği sürüyordu.

— Serbest piyasa kurallarına göre düşünüyorsun dedi o.

— Hiç de değil. O bir dilenci ve dilenme konusundaki

başarısı kazandığı parayla ölçülür dedim Ben.

— Boşver ağbi dedi Dilenci.

— Tuttuğun taraf yanlış dedi Dilenci'ye O. Bu senin (Bu derken nereyi gösteriyordu acaba?) yeteneksiz bir dilenci olduğunu söylüyordu.

— Hayır diye çıkıştım ve hayır diye çıkıştım, diye yazacağım.. Çünkü ben öyle bir şey söylemedim. Herkes onun yeteneksiz olduğunu düşünüyor, dedim.

— Boşver ağbi derken dilenci, her boşver ağbisinden on ekmek parası alıyordu.

— Öyleyse neden az önce, dilencinin emeğinin kazandığı parayla ölçüldüğünü söyledin? Bunu soran O.

— Hı, ne.. nasıl? gibi sesler çıkaran da Ben.

"İyi iş valla, para kazanan yetenekli, kazanamayan spastik!

— Ben öyle bir şey söylemedim diye sinirlendim.

— Boşver ağbi dedi Dilenci.

Öbürü hiç konuşmuyordu. Sessizlikle söyleşiyordu, ıssızlığın diliyle. Herkesler bilmez bu lehçeyi, anlayan anlar. Kim?

— Bir kere (Niye bir kere) dilenmek sözkonusu, ortada emek yok diye salaklaştım.

— Belki de harcadığı ya da sömürttüğü emeğinden, belki de emeğini sömürtecek alan bulamadığından dilenci oldu. Senin küçük burjuva şapşavallığın engelliyor bunu görmeni dedi O.

— Boşver ağbi dedi Dilenci.

Öbürü boş konuşuyordu, boşlukla.

Korkak ve bundan ötürü sessiz gölgeler çöküyordu zamanın uygun yerlerine. Yeşil kazakları, çözümlü çözümsüz sorunlarıyla evlerine dönen insan gözlerine çöreklenmiş, mutsuz, inatçı karaltılardan uzak, çocukların ulaşamayacağı yere konmasına özen gösterilen bir akşam alacısına yaklaşıyordu her şey.

O, Öbürü ve Ben, yorgun gülücüklerimizi, iç ceplerimize zulalamış dönerken yalnızlığımıza, bir kovalamacayı söyleşiyorduk önde biz, önde zaman...

— Boşver ağbi, derken dilenci...

1987

GÖRDÜM, GÜLÜMSEDİ GÜL

Atı alan Üsküdar'dan ziyade, at sahibi dilsiz uykularla oyarken geceyi ve rakı bir umumi kardeş kimliğiyle yaklaşırken masaya, içildi. Kimi sıçmalar yaşandıysa da edebiyle içenler çoğunluktaydı. Meyhaneci hanesindeki mey tüketiminden memnun, üştü kalsınlarla kabarık bir duruşu büyütüyordu ki, olanlar oldu. Yani hiçbir şey olmadı. Olay buydu. Allah'ın kahretmesi uygun düşer ki hiçbir şey olmadı.

O, sigarısının külünü sanki hiçbir şey yapmıyormuşcasına döktü, yemek artıklarına evsahibi tabağa. (Merhum balığın zavallı ve zarif kılçığı bu terbiyesizliğe karşı sessiz kalmayı yeğledi.) Rakısını yarılamıştı. Bardağın aşağısı yoğun beyaz, yukarısı tuhaf benekli. Damalı. Hı? Bilmiyorum işte, bardağın yukarısı daha çalımlı bir tasfire gebeydi. Gözlerime bakmaya alışık olduğu halde, bakmamayı marifet sanıyordu. Ben O'na bakmayı en yüce erdem... Seviyor muyum hâlâ? Yoksa duyduklarım yalnızca bir alt yazılı film erotizmi mi?.. Bazı geceler.. Dünyayı kendime itiraf edebildiğim geceler, ki bu çoğunlukla rakının veli imzalı kağıdıyla olmuştur —evet evet, haklısınız, insan zayıflığımın nanelimon geceleri— O'nu düşünürüm. Baldırlarını, kalça kıvrımını... O zaman, ne dünyanın ihtiyar iç geçirmeleri, ne yoksul insan gırtlağındaki emperyalist düğümlenmeler, ne birağız slogan söylemi... Yalnız O'nu.. O'nu okşamanın doymaya az kalmış tadında yeşillenirdi her şey. Seni seviyorum ulan, diyebilecek kadar delikanlı zamanlardı bunlar. Dokunmakla, dokunumlara alışmak arasında bir seste kalmak isterdim. Aynı çocukluktan start alıp.. Dedem babama niye ve ne zamanlar kızardı ve nasıl büyük bir insandı dedem? Rakıyla kan bağı kuruşunu hangi kadehlenmelerle kutlardı? En çok hangi kadını düşlerdi bütün kadınlarıyla yatarken. O kadınların başları göğsündeyken, kalksam ayıp olur mu, bakışlar çok mu hunharlaşır, diye düşünmelerini nasıl bağlardı anason uykulara?

O'nun tuvalete gidişi, bir kadının tuvalete seyirtişinden öte, bir atmosfer kaymasıydı. O gidince masa durdu. Peşinden aktım tuvalete. Çişim yoktu. Tabii ki insan vücudunda bir miktar çiş vardır her zaman da işeyesim yoktu. Yine de pisuvarın uyarıcı görüntüsüne kapılıp işedim. O'nun işi uzun sürdü. Zaten hep uzun erimli işemelerle gelişirdi tuvalet seyahatleri.. Çıktı.. Karşılaştık.. Öyle bir karşılaşmaydı ki, hiçbir görmezden gelme direnemezdi. Bahanesi yoktu konuşamamanın. Çok birdenbire, gözlerim gözlerine yazma, sözlerim sözlerine susamak, dilim diline ıslaklık bir an yaşandı. Özleşmiştik deyip geçiştirmek mümkün satırı. Kalemin buna itirazı yok. Ama o kadar basit değildir. Daha asitti. Yakıcıydı. Zorunluydu. Herbirşeyi anlatan bir sözcük yoktur ya, işte ondandı.

— Demek sensin...

Diyebilmek bile kendi başına iktidar bir başarıydı. Ben bu iktidar ihtirasına veliaht olabilmiştim nasılsa..

Güldü yalnız.. Dişleri yıldız yıldız göründü, sen O'na bakma, seni özledik ve bunu söyleyebiliyoruz, der gibi.. Çantası bile için gülümsedi, ki onu hiçbir zaman sevmediğimi, askeri bir sevimsizlikle selamladığımı bildiği halde.

Bil bakalım bilmeceli bir sabah için uyanmaya koşuyordu çocuklar.

— Evet ya, benim. Ya sen, hâlâ başkası mısın? diyerek merdivenlere yöneldi, sanki hiç konuşmamışcasına. Dişleri de gitti elbette, çantası da.. Evet sevgimin güzel emanetçisi, ben hâlâ başkasıyım. Rehin aldılar beni. Fidyesi astarından pahalı dostluğum sürüyor başkalarıyla.

O masaya gidip, o sandalyeye yük olmak fazilet yutmuşluk değil. Asıl iş geride bıraktığı hüzne batması insanın... Bil bilebilirsen, yarına ne kadar keder taşıyacak günışığı ve dün, hangi yolculukların birikmesi, gidemediğimiz-...

Deniz sabahı günaydınlamak için uyanmayı akıl ettiğinde grimavi önlüğü giymeye hak kazanmış oluyordu. Ve biz başka şey konuşmadık. Başkaları çokca konuştu bizi... İyi sabahlar gözüm, iyi yaşamaklar...

— Hani sana Kürtçe öğretecektim?

Güldü yalnız... Dişleri yıldız yıldız gülümsedi. Çocuklardı sabahın evsahibi.

Güldü yalnız, gül bitti biyerlerde...

1990

KIRAN MAHALLESİ İNSANLARIM GUDO, QOPO, ÖTEKİLER, XEMÊ TEYZE

Bu şehir... Bu kendini seven, bu kendine küs... Dağları insan sever.. İnsan dağa küs.. Zap suyu cana Azrail kadar yakın.. Konuşmaz.. Billur..

Vatan Dağı Kıran Mahallesinin duvarı. Eteğinde mezarlık. Sabah mezarlığa konuyor önce.. Ne çok mezarlık, bu küçük şehirde? Gerdanların göğüslerde susması.. Ne çok acı, bu mezarlık şehirde?

Kıran mahallesi güneşi sevmez. Ağaçsızdır. Durmadan toz üretir toprak yolları. Ölebildiğine toz.

Xemê Teyze Mela'dan önce uyanır her sabah. Ve herkesler Mela'nın sesiyle.. Allahüekber...

Ben uyanırım. Annemden sonra. Annemin adı Dado.

Rehevza Yenge oğlunun tuvaletten çıkmasını bekler, oğluna kızmadan. Hep gerektiğinden önce ya da sonra kızan annelerin yurdu.

Xıngil, Sıddık amcanın en büyük kızı. Kıvır saçları kırgın. Çıkık kalçası öfkeli. Daha altıncı ayında yaşamının, havaya atmış dayısı, tutamamış... Bana sorsan benzemez kalçası kalçama, herkesler topal diyor... Önce topal diyor, sonra acıyorlar.. Belki acımak için topal diyorlar.

"Ben evlenemem. Kim ister beni? Olsa olsa kör bir Şavatalı.. Yol bilmeyen köylere götürecekler beni.. Ama ben isterim yakışıklı olsun. Sarı saçlı, gözleri mavi. Sanki sinema..."

Xıngil güzel beştaş oynar. Ve ancak beştaşta herkesi yenince, herkeslerin O'na topal demesi ertelenmiyor. Adı Zehra. Kalçası çıkık. Bu yüzden Xıngil.

Xemê Teyze Türkçe bilmez. Radyo dinlemez. Film dinlemez, bakar. Üzülür o filmin, o acıklı sahnesinde. Çünkü kavuşamaz aşıklar.. Anlaşılır bu sözsüz kısımlar.. Xemê Teyzenin kendi diliyle ağlayacağı film henüz yapılmadı.. Avucu terler... Kocası öleli yüz yıl oldu. Evlendiği gün beklemeye başlamıştı ölümünü... Kuran'ı ezbere bilirdi kocası. Adı Müftü'ydü. Müftülükle ilgisi yok. Burada adı Müdür olanlar var çünkü. Müftü, adı yüzünden ezberlemek zorunda kaldı Kuran'ı.

Musa amca YSE'de çalışıyor ya, yüzünü ısrarla yıkaması rastlantı değil. Yeni müdür tırnak kontrolü bile yapıyor. Evimize gelip kontrol ediyorlar herbişeyimizi.. Olsun, misafire kötü söz söylenmez.

Ben, yatakla sonu belli, sonu kesin ve şimdi ne olacaksız bir serüven yaşıyorum. Uyumakla uyanmak yarışıyor. Uyanmak kazanıyor.

Bu kendine kızgın, devlete küs şehrin, bu kuru, bu ağaçsız, bu kırgın mahallesi, bir dilsiz sabaha daha başlıyor devlet gözetiminde. Ki devlet, üstünde "GİRİLMEZ" yazan bir kapı...

Spéde...

Yeni araba yapmışım telden. Ford. Biz kamyonlara özeniyoruz burda. Koca kocaman. Ve ki Gudo gelmeden Heci Mehmed'in tarlasına, Nazo binmeden naylon çiçekli bisikletine, Qopo gıcıklık yapmadan bana, arabamın ne güzelliği olabilir? Arabamın neresi Ford? Neresi tel?

Gudo... Uzun öykülü çocuğu mahallemizin. Hepimizin en iyi arkadaşı. Kuşatanla vurur sığırcığı, sığırcık ölür. Her attığını vurur O. Ziriç toplar, eritir satar. Kurşun da diyorlarmış. Her çocuk zanaatının en güzelini Gudo yapar. Sağ elinin serçe parmağı kırık. Ne komik, en iyi o vuruyor serçeleri. Ve annesi yatar Karayolları'nın altındaki mezarlıkta. Nüfus memuruna sorsan; adı Mehmet Salih. Annesi Gudo dermiş o'na. Mezar taşı, al aydınlık hüzün. Azize Yılmaz... Ruhuna Fatiha.

— Dört yıl önce sustu annem.

— Öldü mü yani?

— Sustu! Elleri yüzümü okşadığı zaman kulaklarım ısınırdı. Sesim seslerin en güzeliydi, elleri yüzümü dolaştığı zaman. Çar sal beri nûhe.. Sustu.

— Öldü mü yani?

Şimdiki annesi üvey. Annesi anne değil. Jınbab. Babanın karısı yani. O kadar.

Qopo'nun bir kolu ötekinden kısa. Bana sorsan benzemez kolu benimkine, herkesler Qopo diyor.. Çolak.. Asıl adı Rahmi. Kötü çocuk. Yoksulluk, kirden asıl rengini yitirmiş bir beyaz gömlek.

Zap suyuna balığa gitmek, Kıran mahallesi çocuklarının en sıradan eğlencesi. Kıran mahallesi büyüklerine kalsa en sıradan yasak. Çünkü suları taşar ve ağıta boğar şehri Zap. Bu yüzden dövdü babam beni.

Dövsün babam beni. Dövsün annem. Gudo'nun annesi dövemez kimseyi. Dövmeye de susmuş. Azize adlı mezar taşı aklını susmuş. Gudo'nun bir yanı hep solgun. Belki bu yüzden en iyi O vuruyor serçeleri, sığırcıkları... Belki bu yüzden en çok O'nun şişiyor pazuları. Belki bu yüzden en büyüğü o'nun organı.

Katramas deresine yüzmeye gidilir. Baharın boğulur, yazın yüzeriz. Katramas deresi iyi bir arkadaş sayılmaz baharda. Ama yazın hepimizin en güzel ablası. Ablaların en kötü yani evlenmeleri. Katramas'ın evliliği zararsız. Zap'la evli. Bizi de idare ediyor. Yazın serinletiyor, boğuyor baharda.

Beni Yıloko diye seviyor Remziye Teyze.

Bir sabah, kimse uyanmadan daha, kimsenin bölünmemişken yumuşacık düşleri, gördüm o'nu.. kastankatı karabasandı. Ellerini göğe açmış:

"Xudê.. Xudê..."

Bağırıyordu.. Çocuğu olmuyordu. İstiyordu ki bebeği uyandırsın o'nu geceyarısı. Bağırıyordu gökyüzüne. Allahtan Allah'ın gökyüzünde olduğu rivayet.

"Xudê... Xudê.."

Beni, Yıloko Yıloko, diye seviyor.

Remziye Teyze'nin kocası iğneci Memet. Dua etmez. Bu yüzden ağlayamaz da.

Evimizin damı toprak. Kavak ağaçlarının hükmettiği bahçemizin ortasında Remziye Teyze. Simli fistanında gözyaşları.

"Xudê.. Xudê..."

Geceleri Vatan Dağı'na çıktığımız zaman (ve ki en çabuk Gudo tırmanırdı tepeye), ışıklara bakardık. Işıklar ipuçlarıydı şehrin. Uzaktan.. Çok uzaktan, iki lüküs göz kırpardı. Bay Köyü.. Ondan sonrası Beytüşşebap.. Sonrası Irak. Birbirine karışır tavuklarımızla horozlarımız.

Geceleri Vatan Dağı kendinden ürken bir gölge. Üstünde asker kireciyle ÖNCE VATAN yazıyor. Bunu hepimiz biliyoruz. Geceleri yazmıyor.

Heci Mehmed'in tarlasında açık hava işemeleri. Ne güzel, rüzgarın olmadık yerlere esmesi. Sopasıyla kovalardı bizi Heci. Tarlasındaki otları ezerdik. Tarlasında ot yoktu. Yüzüne vurmazdık bu gerçeği. Kaçardık.

Kıran mahallesi kıran türküleri gibi aç, susuz, yeşilsiz.

Kocaman, büsbüyük... En ejderha binasıydı mahallenin ve şehrin... O kapalı, o konuşmayan, o kötü, o topal, o Qupo, o Qıngil, o acımaksız CEZAEVİ.. Ne kadar uzundu Xudê.. Ne kadar devletti!

HAKKARİ KAPALI CEZAEVİ Kıran Mahallesindeydi..

"Xudê.. Xudê..."

Ne büyük esirlik, bu küçük şehirde?

Sümbül Dağı'nın dibinde bir kaynayan su.. Buz.. Dilin en güzel türkülerinin üstüne kurulan rakı sofraları.. Her çeşme doğal anason ortamı bu şehirde.. Kimse karşı değil rakının TEKEL'ine.

Buralarda araba çeşidi o kadar azdır ki, her birini sesinden tanırız.

Korkuyu kokusundan.. O kadar çoktur ki..

Ne çok korku, bu küçük dünyada?

Bu, kendine küs, dağlarından alacaklı şehir...

Ve Kıran Mahallesinde mezarlık, mapushane...

Yoksulluk, kirden rengi tanınmayan bir beyaz tutsaklık...

İnsan kendine iltica edebilir mi?

"Xudê.. Xudê..."

1991

DEREYE UÇAN ÖYKÜ

Lastik ayakkabıların mandallı oluşundan mıdır bilinmez, lastiklerin lastik, mandalınsa metal bakışından mıdır yoksa... yırtıldılar. Ayaklar varsa ayakkabı da olmalı, bu sözü Aristo mu söylemiş Cigerxwin mi belirsiz. Ama Sümerbank çarşıda. Haydi baba, parafin kokusunu daha fazla bekletmeyelim. Barıştıralım Sümerbank'la Merkez Bankası'nı, köseleler sevinsin. Sana da ayakkabı yetiştiremiyoruz! Yiyor musun ne yapıyorsun! Biliyorum baba. Ama lastikler nankör oluyor. Köseleliyelim ayaklarımı, vadelerimiz uzun olsun. Bağırmayalım oğlumuza, olan türk lirasına olsun. Bu son, biliyorum. Köseleyle terletilecek bütün yaz, biliyorum. Anlıyorum.

Gülşen yenge, sen mi paranfinliyorsun bu şehri, Sümerbank mı parafin yaşıyor insanın çocukluğunda? Ver şurdan bir kundura, numarasını bilmiyoruz, otuzaltı olabilir, kırkaltı değil mesela.. Parlayacaksın tabii, bu senin en doğal hakkın. Ayakkabısın, yenisin. Sevindir beni iki gün üç gün. Boyacılar baksınlar, boyayalım mı diye sorasınlar, bozulsunlar. Üç günün beyliği devrik. Sümerbank bizatihi feodal.

Akif amcamoğlu. Onlar ne öyle? Ayakkabı alışın ertesi bugün. Bir daha konusu bile açılamayacakken, o ayağındakiler tahrik ediyor futbol duygularımı. Lastik ama öyle mandal sapkını değil. Krampon ulan bunlar. Krampon lastik. Alti diş diş. Maç öncesi gecelerde krampon düşü görüyoruz bu sıralar. Artık ulaşmak olası, lastik makamında da olsa. YSE'nin kooperatifinde satılıyormuş baba.. Çok ucuzmuş baba. Köseleyle top oynamama izin yok, oniki yaşında da jübile çok erken olacağına göre, artı mahalle takımının ben olmayınca düşeceği trajik durum.. Peki baba, sustum.

Böyledir işte. Günün bir yeri hançerlenir apansız. Kötü haber kuşlara kene olur, yayılır. İşte kuşlar, kanatlarına sürmanşet bir ölüm haberini bırakıverdiler mahallemize. Şefik amcanın evine. Zümeyran yengenin evine.

Refik ölmüş...

Araba dereye uçmuş...

Refik adında biri ölmüş.. Mahalemizin abisi adında bir canımız dereye uçmuş.

Hemen ocaklar yakılıyor bahçede. Yemek gerek misafire. Onlar Refik'in misafirleri.

Zümeyran yenge, bir daha hiç bitmeyecek bir ağıta başlıyor.

— Te mala mın xırap kîr.. Te cergê mın bırindar kır.. Te dılê mın bê heval kır.. Te serê mın bê hewda kır. Te Refikê mın jı nav mal kır.. Te bu çı eve lı mın kır?

Aayaay aaaaaaaaaaaaaaaaaaaaaaaaaaaaaaaaaay

Te bu çı, eve lı mın kır Xudê.. Heke tü heyi.. Heke tü heyi...

Eğer var isen tanrı, beni niye götürmedin?

— Hışe kıçê.. Hışe gûnehe...

Günahtır öfke Zümeyran yenge. Çaresizlik günahtır.

Günah dereye uçmuş.

Getiriyorlar ölüyü sonra.

Yirmisekiz yaş, dereye uçmuş.

— Kıçê te bihistiye, Refik emrê Xudê kıriye.

— Kişk Refik?

— Kurê Şefik, kurê Zümeyran.

— Ne ne!

— Çen cehêl bû.. Ay jaro Refiko..

Kürtçe dereye uçmuş.

Odanın ortasına konuyor. Kuran sesleri şiire taşıyor odayı.

Şiir, dereye uçmuş.

Şefik amca yüreğini eritip gözyaşı eyliyor. Sessiz.

Yürek, dereye uçmuş.

Ölünün kardeşleri bahçenin oralarına dağılmış, çamur yapıyorlar gözyaşından.

Sular ısıtılmış. Yıkama vaktidir. Bir perde çekiyorlar, çocuklarla kadınlar görmesinler diye ölünün yıkanışını. Ölümün ıslaklığını. Ben perdenin hemen yanında duruyorum, baksam göreceğim aralıktan, bakamıyorum.

Önümden geçiyor ölümü yıkayan su. Ark oluyor önümde. Kan akıyor. İç organları parça....

Tıp, dereye uçmuş.

Ölüm en çok Kürtlere yakışıyor. Utanmaz bir kimliktir tarih.

Felsefe, dereye uçmuş.

Zümeyran yenge hiç susmuyor. Hiç susmayacak.

— Heke tû heyi, mın ji bıbe ey Xudê...

Beni götürürdün tanrı, olsaydın.

İlahi adalet, dereye uçmuş.

Zümeyran yengenin haberi yok ama yasa çiğniyor Kürtçe ağıtı.

Düşevleri allak bulamaç bir Kürt çocuğu...

Düş'e sığar mı ölümün genceciği?
Düşler, dereye uçmuş.
Ve öyküler vurur mu kendini metropolde.. Yıllar sonra.. İstanbul'da...
Trafik sıkışıklığında büyümüş bir Kürt çocuğu.
Geçmiş, geçemeyecek bir ölümü öyküledi...
Öykü, dereye uçmuş.

1991

AKLIMIN VATANDAŞI WARİPAL

Seni unutmadım aklımın kalın dudaklı bacısı. Dudaklarım dudaklarının sütannesi. Aynı memeyi paylaşıyoruz. Güneşin doğuşunu ve ağlayışını ay'ın. Seyrediyoruz. Senin dudakların acıdan kalın. Yalnızız ama değiliz. Sabah orada, uzakta. Sesim bana bile uzaktan hısım. Seni unutmadım. Sen benim en bilinmeze yazdığım şiir ya da en sevdiğim okuduklarımdan. Okumayı biliyoruz. Birbirimizden öğrendik. Kolumu boynuna dolayıp uzandığım geceler vardı. Kim yapabilir ki? Kim bilebilir ki? Yastığıma ağladım seni. Yastığım tanık. Senin dudakların ömrümün en güzel yastığı. Unutma beni. En sır akşamüstlerinde aklına geleyim. Buna hakkım var. Seni sevdim ben. Yürekliydim. Unutma beni. Gözyaşım, avucunun teri... Aklımın kalın dudaklı bacısı. Senin memeciklerin, kendi kendine konuşan bir uyku sersemi. Hayatımız. Sen bittikten sonra dudakların başörtülmez oldu dudaklarımı.

Nasılsın-iyi misin- Bizi soracak olursan hamd olsun iyi değiliz. Özlem doğuruyoruz.

Seni sevdik Waripal.
Seni seviyoruz.
Yazık.

Son.
Tek.
Kardeş.
Ak.
Süt.
Belki.
Acaba.
Sonra.
Kalleş.
Bıraktın bizi.
Yanımda konuşan en güzel suskunluk şimdi sevgimiz.
Seni özledim. Bir de memleketimi. Sana ulaşmak imkansız, memleketimi solumak gibi. Sana hizmet eder bazen Kürtçe ağıtlarım. Memleketim, üstüme itilen çığ. Tarih atlaslarında Kürdistan. Unutma beni memleketim. Unutma, aklımın hemşehrisi. Unutmadım seni memleketim benim.
Biliyorum, yasak bana gözlerini anlamak... Uyruğum bana yasak.
Kürtçe alt yazılı, kızgınlığım, ağlamaklığım.
Unutmadım seni.
Aklımın vatandaşı
Waripal.

1990

EŞKIYA SÖZÜ

Olacağımıza varmaktansa, vardığımıza olalım diye düşünüyordum ki, geldi: Yokluğumuzun suçunu üstlenen felsefe. Sevgili problemli kardeşim. Hoşgeldin. Xêr hati... Feylesofi.. İnanır mısın, bu da Kürtçesi.. Ben varken ölüm yok, ölüm varken ben yokum. Pekiyi ikimizin yokluğunda ne var? Kusura bakma başını ağrıtıyorum ama baş ağrısı ne?.. Kuşkusuz tanırsın Şeyh Sait'i, Seyid Rıza'yı, Doktor Kassemlo'yu, isimsizleri.. Onlar da öldüler. Ve hem onlar var şimdi hem ölüm. Bizi anlayamazsın biliyorum. Burnunuz yok, dediler. Onlar, var, dedi. Öldüler. Burnunuz yok, dediler, biz, var, dedik. Öldük. Yalandır yalanın biçim değiştirmesi de: Burnunuz var ama sizin değil dediler. Ölüyoruz...

Feylesofi kardeşim, yangınları seviyorlar.

Kendi tandırında mülteci olabilir mi köz?

Oluyorlar.

İhanetle komşuluk edilir mi?

Ediyorlar.

Komşu komşunun külüne susamıştır.

Ben, bir ağlamaklı çocuk kartpostalıyım, üsttüz başsız.

Ki evinde ekmek olmayan, utanır, söyleyemez.
Benim utancım duvara asılır mı?
Asıyorlar.
Felsefe ağbiciğim, bu büyük hiçlik, en derin anlam susuzluğu içinde, öyle bir yerdeyiz ki, ne sen sor, ne sen çaresiz. Ölüye kurşun sıkılır mı?
Sıkıyorlar.
Tutsaklığımın gardiyanı kendi dilimdir.
Mahkemenin duvarlarını ben yaptım.
Aklım, vatanımın bölünmüş bütünlüğü.
Değiştirilemez, teklif edilemez. Akıldan geçirilemez akıl.
Gözbebeklerine karşı yalan söylenir mi?
Söylüyorlar.
Ölenler çoğaldıkça çoğalıyor akıl.
Feylesofi kardeş, dünyanın nereden gelip nereye gittiği, başka gezegenlerde hayat olup olmadığı ve yüzbin soru işareti. Ve elbette evrensellik. Hepimiz insanız. Benim için farketmez duruşları kimilerinin.
Nikahsız yaşanır mı umutsuzlukla?
Yaşıyoruz.
İnanmak giyilir mi karkışkıyamette?
Giyiyoruz.
Feylesofi, problemli kardeşim, Kürdün aklı gaspa uğrar. Kürt yer, çarığına bakar. Ve fakat çarık yerinde yoktur, çalınmıştır.
Eşkıya sözüdür bu, ciddi ol, gülümse:
Dağları dinle...
Zaman yasak.
Zaman unutulmuş bir isim, dil ucunda.
Zamanın kendisi eşkıya.
Dağları dinle.

Kürtler öfkeyi sürüklüyorlar yamaçtan,
Çığ'ın kendisi eşkıya.
Kürtler tütün sarıyor çağ'a karşı,
duman sabır.
Kürdün düşü özgürlük,
özgürlük zaten eşkıya.

1991

ÖLÜMSEMEK

Hep sürgünlerde.. Konuştuğumuz gibi, hâlâ ve asla... sırlarımızla birlikte. Çerez türünden yalnız başına. Ağustos böceğinin en tanınmış çığlığı gecedeki, daha şaşırtıcı, kurşun ve kan sesinden... İçine tıkıştırıldığımız bir yaşam parçacığı. Ay'dan bakınca önemsiz, yanıbaşında soluduğum zaman komik olabilecek kadar önemli spastik bir yaşam parçacığı. Ölümü göze almakla, daha yapacak çok şey olduğunu düşünmek arasında konserve bir yaşam parçacığı... Ve uğruna dağ dağ yürünen, karnı aç, gönlü sultan sofrası bir aşk... Sanki halk... Her aşkta tanrıdan bir iz vardır aslında. Her tanrı aşkın anlamıyla sömürür agnostik yüreklerimizi. Ve dünyacıları anlayamayız. Çünkü öldürürler. Ve hem faildirler hem de meçhul... Her hiç'in içinde tanrısal bir aşk vardır. Her faili meçhul ölümde bir gerilla kuşkuculuğu, halk gibi bir aşk vardır. Koyakların birinde saklanmış ateş, illegal çayları demler koynunda. En sevgili gerilla yakıtını üretir. Tertemiz bir ölüme layık olma hasreti.. Apaçık bir sevdayı tüketip, adam gibi ve ayıpsız ayrılmak... Beni ara, görüşmeyi sürdürelim, eşyalarını almak için kendin gel, başkasını yollama... Otuziki diş bir gururla ölümsemek.. Gabar Dağında, baha karşı.. Yahut Batman'ın ortasında.. Güneş ilk iş olarak, ensene dayalı bir namluyu aydınlatır, çapı, markası meçhul.. Ve bütün zanlılar şeffaf. Akıl, korkularla namus arasına tıkıştırılmış. Kato dağında aşklı bir ölümle tanrıyı selamlamak.. Ziyan edilen bin sohbete öfkeli ama erdem iziyle gülümsemek. "Allah kahretsin, Bir Dostoyevski'miz yok ki, anlatsın bütün olanları" demişti, bıyığı sıcak zamanlarda bilenmiş bir dost.. Yoksulluğun ak yanı, her namuslu yürekte insan gibi izler açması. Mutlu değilse de umutlu olmaya mecbur yaşamak. Ve öyle bir zamanın konuğuyuz ki, Adem'in yediği elmanın kilosu üç bin lira pazarda. Mesai eylediler lanetli sözler tüketmeyi, foseptik niyetler beslemeyi insanlık hakkında. Tükürüğümüz bile yetmiyor artık yaralarımızı iyileştirmeye. İyileşmiyor artık yaralarımız. Yani yaralarımız, daha iyi yaralar haline gelmiyor artık.. Herekol dağında, düşlediğimiz gibi.. Yahut Bağdat Caddesi'nin tam ortasında.. Ölü olarak ele geçiriliyor en sıcak insan sözleri.. Ve hüznüm, bir kamu morgunda işe başladı.

1992

KALDIR BAŞINI CİĞERİM!...

Buyurdular.. Masanın ardına dizilmişlerdi... Aklın gözyaşlarını yutkunduğu bir susuzluktu.. Her şeyi tekrar tekrar duymak istediler..

Ayağa kalktı. Hiçbir pusuda, bedenine bu kadar ağır gelmemişti bacakları. Havada bir yılan tedirginliği vardı. Konuşmuyorlardı masanın ardındakiler, ıslık çalıyorlardı.. Bir sevdalısına baktı, bir masanın ardındakilere..

— Anlat!

Konuşmuyorlardı. Kuru bir marşın, yıpranmış, derisi soyulmuş nakaratını söylüyorlardı. Sevdalısına baktı:

Başı önünde, düşleri ölü kuşlar evinde...

— Anlat!

Ve anlatmaya başladı Ferhat.. Selim... Ruşen.. Ya da adı herneyse...

"Yağmurdu.. Su, toprak ve kokusu hayatın.. Bilirsiniz işte, o yağmur sıcağındaki toprak kokusu.. Hani herkesin sevdiği.. En şiir bilmezlerin bile sevdiği.. Akşam olmuştu.. Dört kişiydik. Bu iki arkadaş, ben ve...."

Sevdalısına baktı:

Kirlenmiş, bit düşmüş saçlarına.. Dudağında yaralar patlamış ilk öpüşte kabuğu kalkmıştı yaranın.. Ağzın ağzıma ka-

namıştı. Şimdi yüzünde bir Ankara sonbaharı. Utanç içindesin..

— Devam et!

"Nöbeti devraldım. Diğer arkadaşlar sığınağa girdiler. Nöbet yerimde beklerken yanıma geldi... O..."

Hüzün astılar yüzüne senin. Öyle bükmeyeceklerdi boynunu... Ne kadar kirlisin.. Kaç hafta oldu yıkanmayalı.. En son kampta işte. Ben de aynı durumdayım ya. Tuhaf, o çıldırtıcı kaşıntıyı duymuyorum şimdi.. Iki yıl boyunca, hiçbir öğrenci evi dağınıklığında, elini tutmaya bile cesaret edemeyen ben.. Bugün... Burada...

"Bir süre sonra... arkadaş yanıma geldi... Konuşmak istediğini söyledi.."

Yok. Sigara içtiğimizi hiçbir zaman bilmeyecekler, korkma... Korkudan söz ettik.. Üniversitedeki günlerden.. Ben salak bir hasretle andım, okul kantinindeki bayat tostları.. Sen ciklet istediğini söyledin, şımarık bir çocuk edasıyla.. hiçbirini anlatmayacağım onlara korkma... Bana, ıslık çalmayı hâlâ öğrenemediğini, bu yüzden komutan arkadaştan azar işittiğini anlattın.. Hani o dudaklarını acemice öne doğru uzattığın an vardı ya.. İşte belki de o an yüzünden, bugün.. burada... Neyse, korkma ciğerim benim... Bunların hiçbirinden sözetmeyeceğim onlara.. Bizim de utandığımız hiçbir disiplinsizliğimizi bilmeyecekler.. Bir tek sevdamızı bırakacağız onlara, gerekçe olarak...

— Sonra?

"... Sonra konuştuk biraz..."

— Ne konuştunuz?

"Hiç.. Havadan sudan şeyler... Ve hareketten tabii.. Biraz da ölen arkadaşlardan.. Böyle şeyler işte..."

Sahi, ölen arkadaşlardan da sözetmiştik.. Kendini ölüme hepimizden daha çok hazırlamıştı. Remzi.. Rubar.. Kerim... Ya da hangi çiçeğin adıysa işte.. Her gün birimizin yanına sokulup vasiyetini değiştiriyordu, yüzünde beş yaşındaki oğlu Hilwan'ın gülümsemesiyle: ölürsem, dağlarımızdan birinin tam zirvesine gömün beni... Hangi dağ olursa farketmez.. Bizim için hepsi aynı yükseklikte.. Bir başka gün, daha büyük bir heyecanla gelirdi.. Silahını okşayarak.. Acaba silahımla birlikte gömülmeme izin verirler mi? Biliyorum, bu, bir başka arkadaşa verilir ama.. Belki izin verirler? .... Hatırlarsın oylamaya koymuştuk bu isteğini.. Red!.. Yaşasaydı O da red oyu kullanırdı, bunu biliyorduk. Bu isteğini yerine getiremediğimize üzülmedik. Ama ölüsünü taşıyamadığımıza kahrolduk biliyorsun... Şimdi bütün dağ doruklarında O'nun gömülü olduğunu düşünüyorum. Dişlerinin arasında, Hilwan'ın gülümseyen yüzü...

— Evet?

"Nöbet süresi dolunca, gidip arkadaşları uyandırdık. Onlar çıktı sığınaktan, biz girdik.. sığınağa..."

Dudağındaki yaradan daha fazla kanıyor yüzündeki utanç.. Kim bilebilirdi ki ciğerim, yaşamındaki ilk sevişmenin böyle olacağını? Belki de bu durumda oluşumuza değil, annen aklına geldiği için utanıyorsun. Kaldır başını ciğerim. Biz utanılacak birşey... yaptık belki ama bu çağda yaşamaktan daha utanç verici değil. Düşünsene ciğerim, biz, insanlarımız için dağ dağ dolaştırdık kafanızdaki bitleri... Ve aşka yenik düştük.. Bitlerimiz kadar onurludur aşkımız ciğerim, kaldır başını...

— Sığınakta ikiniz yalnız kaldınız öyle mi?

"Öyle.. Yalnız..."

Gün ağarınca, demiştin, sen başka yere... ben başka yere.. Belki de bu sözü söylemeseydin, sabahın gelişinin ayrılık olacağını hatırlatmasaydın ve çakmasaydın gözlerini gözlerime.. kimbilir belki de burada, bu mahkemede olmazdık... Kendimden utanmıştım.. çünkü o an, seni bir daha görememe ihtimali her şeyden daha önemliydi... Önce saçlarına dokundum. Kirden pasaktan keçeleşmiş saçların, aptal şarkılardaki ipek saçlardan daha parlak daha yumuşaktı... Ve kanımdan daha sıcaktı, gözlerinden akıttığın yaşlar...

— Evet, sonra?

"Sarıldık... birbirimize..."

Bin yıllık bir hasretle sarıldım sana.. öylesine sıcak, öylesine korkutucu.. Sımsıkı sarılmışken, ağzını unutmaya çalışıyordum. En çok ağzına ulaşmaktan korkuyordum ve ağzında kaybolmayı istiyordum en çok.. Ne bitmez bir sarılmaydı... öyle durduk, zaman, duruşumuzdan sıkılana, kollarımız, yüreğimiz yorulana dek.. Hiç konuşmadan, nefes almadan.. Yalnızca yutkunduk.. öyle gürültülü bir yutkunmaydı ki, avaz avaz bağırdık sanki.. önce ben, önce sen.. Sonra kolların düştü yanına.. Ellerimi koydum dizlerine.. Ve alnın alnıma dayalı, öylece kaldık. Kaç yıl, kaç saniye?.. Kaldırdım başımı.. Elimle çenenden tutup, kaldırdım başını.. Ve işte ağzın.. Dünyanın en acımasız, en faşist, en tehlikeli düşmanı ağzın.. Korkma, onlara öpüşmeyi bilmediğini söylemeyeceğim.

— Ve cinsel...

"Evet.. Yani tam olarak şey.. Evet! Cinsel ilişki kurduk!.. Pişman değilim, utanmıyorum, övünmüyorum da... Hepimiz gibi ben de, daha yolun başında göze almıştım ölümü. Ama bir düşman namlusuyla ölmek isterdim... Söyleyecek başka sözüm yok."

Bak yine yağmur.. Bu ağacın altında çay içmiştik geçen hafta.. Sen yoktun.. Burada öleceğimizi düşünmemiştim elbette. Dizlerimizin üstüne çökmemizi istiyor arkadaşlar.. Kaldır başını ciğerim.. Gözlerini bağlamak istiyor arkadaşlar.. Benimkileri de bağlayın.. Sizi bu halde görmek istemem. Kaldır başını ciğerim. Seni ve cellatlarımı seviyorum. Kaldır başını. Biz utanılacak bir şey yapmadık. Halkımız için savaştık, birbirimiz için ölüyoruz, hepsi bu...

Kaldır başını sevgilim, arkadaşlar ateş etmek istiyor!...

1993

a ğ r ı y a n *

* Bu başlık altındaki "Bir İshak'sın Bir Cemil" (Ağrıyan I) Gereği Düşünüldü müzikalinde, "Sevim Taşan Benim" (Ağrıyan II) ise Kadınlık Bizde Kalsın oyununda final öyküsü olarak sahneye konmuştur.

a ğ r ı y a n (I)

"BİR İSHAK'SIN... BİR CEMİL...."

- I -

Bir cezaevinin iki kişilik hücresinde İshak.. Yaşı yirmi beş... Kürt olduğu yüzündeki çizgilerden ve bıyıklarından anlaşılıyor.. İki kişilik ranzanın üst bölmesinde kalıyorlar: İshak ve pantolonu.. İshak yatağının altına koyduğu pantolonunu sinirle çıkarır.

İSHAK — Allah belasını versin... ütülenmemiş yine... *Sonra sesler.. Gürültüyle açılan hücre kapısı... Gardiyan otuz yaşlarında, uzun sayılabilecek boylu ve her yanında işkence izleri bulunan adamı hücrenin ortasına itti: Cemil...*

GARDİYAN — Gir içeri.. Şimdilik iki kişi iadere edeceksiniz. İshak, bak sana arkadaş getirdim Dırlaşmayasınız ha!

İSHAK — Ağbi bizim mektup işi ne oldu? Postalayacaksın? Getireyim?

GARDİYAN — Sana kaç defa diyeceğim ulan! Zahmetimizin karşılığı ne olacak?

İSHAK — Para verdim ya?

GARDİYAN — O yazmak içindi.. Postalamak için de isterim!

İSHAK — Ziyaret günü gelsin.. Şimdi kuruşum yoktur.

GARDİYAN — Uzun etme hadi.. Para yoksa mektup da yok!

Gitti Gardiyan... Gürültüyle kapandı kapı...

İSHAK — Ula ben senin... Sen namussuz bir adamsın oğlum.

CEMİL — Merhaba kardeş.. adım Cemil...

İSHAK — Bene nesi? Sene soran mı var? Benim ki de İshak'tır.. Ama mektup kaldı.. Göndermiyor puşt...

CEMİL — Ne mektubu?

İSHAK — Mektup işte.. Göndermiyor puşt gardiyan...

CEMİL — Çok mu önemli bu mektup?

İSHAK — Çok mühim.. Mektup olmazsa idam var... ama...

CEMİL — İdam mı?

İSHAK — He ya, idam.. Gönderseydi iyi olacaktı. Çok iyi olacaktı..

CEMİL — Suçun nedir İshak kardeş?

İSHAK — Cinayet.

CEMİL — Kimi vurdun?

İSHAK — Kardaşımı.. Yani kardaşım gibiydi ama vurduk işte... Kader...

CEMİL — Kader mi?

İSHAK — Kan davası işte.. Kan davası olunca kardaş da vurur kardaşı...

CEMİL — Hâlâ kan davası ha?

İSHAK — Mecbur ettiler.. Edemem dedim.. Lezgin kardaşımdır, beraber geven toplamışık.. Eline diken batsa parmağım kanar dedim ama.. Samanlığın orada vurdum Lezgin'i.. Öyle bir süzüldü ki kan, sandım kendi kanımdır.. Kendimi de vuracaktım!... Valla!.. Yetiştiler.. Bırakmadılar.

CEMİL — Eee?

İSHAK — İdam verdiler.

CEMİL — Bozmadılar mı kararı?

İSHAK — Ne bozacaklar? Görmüşüm, çekmişim, vurmuşum.. Hafif sebep yoktur.. Cumhurbaşkanı affedecek olmasa asacaklar.. Sen kimi vurdun?

CEMİL — Bilmem...

İSHAK — Nasıl? Suçun nedir?

CEMİL — Siyasiyim...

Kanı çekildi İshak'ın...

İSHAK — Ne? Siyasi misin? Siyasisin he?

Saldırdı parmaklıklara...

İSHAK — Gardiyaaan! Gardiyaaan!

Geldi Gardiyan...

GARDİYAN — Ne var ulan ne oldu?

İSHAK — Ula niye demisen, bu siyasidir!

GARDİYAN — Ne olmuş?

İSHAK — Sene kurban olurum, söyle bunu başka yere koysunlar. Sayın cumhurbaşkanı duysa ki, ben bir siyasiyle kalıyorum, beni de öyle zanneder, mümkünü yok affetmez!

GARDİYAN — Bağırma be! O siyasiye sen de katilsin! Beni bir daha fuzuli yere çağırırsan, kırarım kafanı, ona göre!

Çıktı Gardiyan... Kaldı İshak...

İSHAK — Ulan ibne! Dinime imanıma bu gardiyan namussuzdur! Ne desem yapmıyor.. Mektubu da göndermiyor...

CEMİL — Ne mektubudur bu?

İSHAK — Seni alakadar etmez!

CEMİL — Merak ettim.

İSHAK — Etme! Benimle konuşma sen! Ne konuşisin!?

CEMİL — Peki İshak, nasıl istersen..

Bir çocuk küslüğünü biriktirdiği dakikalar.. İshak, bir sigara yaktı sonra.. Bir nefes... Sigaraya baktı, Cemil'e baktı.. Durdu...

İSHAK — İçersin?

CEMİL — Verirsen, içerim.

Sigarayı uzattı İshak...

İSHAK — Tamam, onu iç git...

CEMİL — Nereye gideyim İshak?

İshak, bu sorunun yanıtı için her şeyini verebilirdi! Pantolonunu mesela...

CEMİL — Barıştık mı?

İSHAK — Sene bir şey soracağım.
CEMİL — Sor..
İSHAK — Siz niye sevmisiniz bizim muhtarı?
CEMİL — Hangi muhtarı?
İSHAK — Bizim muhtar canım Kinyas Ağa! Onun için diyiler ki hükümetin adamıdır, faşiştir..
CEMİL — Faşist mi?
İSHAK — He... Ula bizim muhtar faşiş olsa ne olacak? Okuması vardır, yazması yoktur!
CEMİL — Ben sizin muhtarı nereden tanıyayım İshak?
İSHAK —Bütün siyasiler O'nu tanıyor.. Sen nasıl tanımisin?
CEMİL — Ben senin bahsettiğin siyasileri de tanımam.
İSHAK — Tanımi misin?.. Ula daha sizin birbirinizden haberiniz yoktur!.. Peki, madem sen muhtarı tanımıyorsun, niye diyisin ki faşiştir, haindir?
CEMİL — Ben öyle bir şey demedim.
İSHAK — Asıl hain sizsiniz!
CEMİL – Niye?
İSHAK — Hiç yerinizde durmisiniz ki! Her işi karıştırisiniz!.. Yalandır?
CEMİL — İshak.. Bak, biz istiyoruz ki, kötü giden işler iyi olsun.. her şey daha güzel olsun. Sen daha iyi yaşa.. Yani, aslında biz ne yapıyorsak senin içindir!
İSHAK — Benim için? Yani siz benim için mi çalışisiniz?
CEMİL — Tabii..
İSHAK — Yani bu kadar insan benim için çalışi, öyle mi?
CEMİL — Öyle.

İSHAK — Onun için mi kıçımızda donumuz yoktur?.. Siz maynaksınız maynak!

CEMİL — Nedenmiş o?

İSHAK — Kimseyi sevmisiniz! Ağaya bile kızisiniz.. Nedir? Korucu olmuş! Olacak tabii...

CEMİL — Korucu muydun sen de?

İSHAK — .... Yok.

CEMİL — Niye korucu olmadın?

İSHAK — ....

CEMİL — Neden seviyorsun ağayı?

İSHAK — Sayesinde ekmek yiyiyoruz.

CEMİL — Bence, ağa sizin sayenizde ekmek yiyor.

İSHAK — Nasıl?

CEMİL — Siz çalışıyorsunuz, ağa kazanıyor, öyle değil mi?

İSHAK — Öyledir. Ağanın işi kazanmak, marabanın ki çalışmak. Yazı böyledir.

CEMİL — İşte biz o yazıyı değiştirmek istiyoruz. Diyoruz ki çalışanlar kazansın.

İrkildi İshak....

İSHAK — Yavaş konuş ula! Bir duyan olacak, yakacaksın beni! Ondan sonra, işin yoksa hapislerde çürü!

CEMİL — Zaten hapisteyiz İshak...

İSHAK — Olsun! Sus! Başımıza bela gelir!

CEMİL — Zaten idam yemişsin, daha başına ne gelecek!?

Durdu İshak.. İshak kırılmış, Cemil söylediğine pişman...

CEMİL — Kusura bakma İshak... öyle demek istemedim...

Ağlamaklı oldu İshak...

İSHAK — He, idam yemişik.. Ama anama mektup yazdıdım.. Çıkacak sayın cumhurbaşkanına, o da affedecek beni.. Affediyor, kanunda yeri var!.. Ama göndermiyor mektubu puşt gardiyan!

CEMİL — Okuman yazman var mı senin?

İSHAK — Yoktur...

CEMİL — Mektubu kim yazdı?

İSHAK — Gardiyan.. Yazmak için bütün paramı aldı, göndermek için kalmadı.

CEMİL — Parayı düşünme, o kolay da.. Şu mektuba bakalım bir..

Yalansız, oyunsuz bir sevinçle sıçradı yatağa İshak.. Mektubu çıkardı yatağının altından...

İSHAK — Buyur...

Okudu Cemil.. Kızmadı, iğrendi.. İnsanın bilincini çevre koşulları... Ama alçaklık genetik sanki....

CEMİL — Alçak herif...

İSHAK — Ne oldu?

CEMİL — Yok bir şey.. İshak, yeni bir mektup yazalım...

İSHAK — Sebep?

CEMİL — Bu pek olmamış da...

İSHAK — Oku hele..

CEMİL — Boşver.. Yenisini yazarız.

İSHAK — Oku diyem Cemil, bir kahbelik var bu işte! Oku!

CEMİL — Peki...

Çaresiz, okumaya başladı Cemil...

CEMİL — "Sevgili neneciğim, dedemle aranız nasıl? Yatakta neler yapıyorsunuz? Dedemin kuşu kalkıyor mu? Sana ve dedemin kuşuna selam ederim!.. Yavşak torunun İshak!"

Kaldı İshak.. Baktı.. Düşündü.. Bekledi...

İSHAK — Böyle mi yazmış?.. Ben öyle demedim ki!.. Ben dedim ki.. Anneme söylesin.. Cumhurbaşkanı için.. ben onun anasını...

Çığlıklara sığınıp, saldırdı parmaklıklara...

İSHAK — Puuuşt! İbneeeee! Kahbe oğlu kahbe! Ula bu ne biçim mektuptur! Paramı ver ulan.. Paramı...

Dizlerinin üstüne düştü İshak.. Ağladı.. Yanına sokuldu Cemil. Hücrelerin bulunduğu taraftan bir türkü duyulmaya başladı:

Bir mumdur iki mumdur.

Bir mumdur iki mumdur.

İshak'ın yanına sokuldu Cemil.

CEMİL — Ağlama İshak, ayıptır.. Yazarız yenisini...

Gardiyanın sesi duyuldu birden...

GARDİYAN — Gel ulan buraya, yavşak!.. Uzat elini, uzat! uzat!

Uzattı İshak titreyen parmaklarını, parmaklıklar arasından.. Beş kez, ard ada acıyla kırptı gözlerini...

GARDİYAN — Küfredersin ha! Yürü bakalım şimdi..

Gardiyan ve cop, çıktılar.. Sustu İshak.. Sıktı yumruğunu.. Yatağına çıktı ve sessizce ağlamaya başladı...

CEMİL — Üzülme İshak, geçer birazdan.

İSHAK — Öyle değil Cemil.. Ben çok dayak yemişim. Ama böylesi zoruna gidi insanın. Ben, bugün yarın çıkacağım, beni dövmeye ne lüzum var değil mi?.. Ne kadar zalımdır..

Yastığının altını kurcaladı. Bir avuç şekerli çiklet.. Bir tanesini Cemil'e uzattı, burnunu çeke çeke...

İSHAK — Al.. sakız...

CEMİL — Sakızı nereden buldun İshak?

İSHAK — Bulmuşum işte.. Çok seviyorum ama şekeri gidince hoş değil...

CEMİL — Kağıt-kalem var mı, mektup için?

İSHAK — He, getirmişti o ibne.

İshak yine, çocuk heyecanını giyindi ve aceleyle hazır etti, kağıt-kalemi...

İSHAK — Cemil... Sağolasın...

CEMİL — Bırak şimdi.. Hadi söyle...

İSHAK — Yaz!.. Eüzübillahimineşşaytanirracim, bismillahirrahmanirrahim..

CEMİL — Biraz yavaş söyle İshak, nasıl yazılır bu?

İSHAK — Yahu ben bilsem, sana niye yazdırayım?

CEMİL – Bunun yerine "sevgili anacığım" diye başlasak?

İSHAK — Kafire bak! Hiç besmelesiz işe başlanır mı? Yaz.. Bismillahirrahmanirrahim... Anacığım nasılsın, anacığım amcam nasıl, anacığım amcamoğulları nasıl, anacığım dayım nasıl...

CEMİL — İshak, bütün köyü sayacak mıyız?

İSHAK — Hepsini sormazsam, küserler.

CEMİL — Bari şunları anacığım parantezine alalım.

İSHAK — Ne?

CEMİL — Yani, her seferinde anacığım anacığım demeyelim.

İSHAK — Yahu sen yazacaksın, yoksa yok? Tamam, ver ben kendim .... yazamam!

CEMİL — Kızma İshak, yazıyorum söyle...

İSHAK — Anacığım kardaşlarım nasıldır? İyidirler? Beni soracak olursanız, çok çok iyiyim, çok şükür rahatım yerindedir....

İshak'ın yüzüne baktı Cemil...

İSHAK — Üzülmesinler, biliyorsun?.. Yaz... Anacığım, burada bir gardiyan var, kendisi puşttur!

CEMİL — Bunu yazamayız İshak.. Gitmez mektup.

İSHAK — Niye?

CEMİL — Okurlar, göndermezler.

İSHAK — O zaman de ki, gardiyan sanki puşt gibidir!

CEMİL — Böyle de olmaz.

İSHAK — Tamam de ki, bizim gardiyan için puşttur diyiler ama öyle değil!

CEMİL — İshak!.. Gardiyanı hiç karıştırmayalım.

İSHAK — Öyle olsun.. Anacığım sayın cumhurbaşkanı idamları affediyormuş.. Muhtara söyle, seni sayın cumhurbaşkanına götürsün.. Sen de vaziyeti anlat.. Diyiler ki, cumhurbaşakın iyi adamdır, affeder.. Anacığım büyüklerin ellerinden, küçüklerin gözlerinden öperim. Oğlun İshak............ Tamamdır?

CEMİL — Tamamdır İshak.

İSHAK — Cemil kardaş, benim yerime bir imza atarsın? Hani desinler, bizim İshak okur-yazar olmuş, keyifleri gelsin...

CEMİL — Peki İshak, olur.

Kağıdı katlayıp verdi Cemil.. Kağıdı yatağın altına koydu İshak.. Pantolonuna takıldı yine...

İSHAK — Yahu hâlâ düzgün olmamış.. İki aydır üstüne çıkıyorum, olmuyor.

CEMİL — Ne yapacaksın onu?

İSHAK — Çıktığım gün giyeceğim, köye giderken...

CEMİL — Haa... öyle ya...

Kalktı Cemil.. Yürüdü parmaklıklara... Baktı karşılara...

CEMİL — Şimdi bahardır... Belki yağmur... Belki hâlâ biraz kar...

İSHAK — Nereye bakisin sen?

CEMİL — Dağlara.

İSHAK — Hangi dağlara?

CEMİL — Cilolara.. Ağrı'ya.. Şu karşıdakilere işte.

İSHAK — Hani? Birşey görünmi ki!

CEMİL — Görünüyor İshak! Nergislerin kokusu bile geliyor, bak..... Mis gibi...

İSHAK — Hani!... Peeeh! Bok kokuyor, sen zannedisin çiçektir! Ben diyorum siz maynaksınız, inanmisin!

CEMİL — Biraz hayalgücünü kullansana İshak?

İSHAK — Ne?

CEMİL — Görmek istersen görürsün!.. Yani...

İSHAK — Yahu görünmi ki birşey!

CEMİL — Görünüyor!

İSHAK — Görünmi!

CEMİL — Görünüyor işte!

İSHAK — Görünmi! Aha, bakıyorum, birşey yoktur, aha kokluyorum bok kokuyor!.. Siz maynaksınız maynak!

CEMİL — Kes şunu artık be! Biz manyak filan değiliz. Ayrıca maynak denmez, manyak denir.

İSHAK— E, tamam biz ne diyoruz, maynak!

CEMİL — Allahım, sen ne biçim adamsın be! Nasıl bu kadar düz olabiliyorsun? Hiçbir şeyin farkında değilsin! Hiçbir şeyi anlamıyorsun! Senin için, senin yüzünden burada olduğumu bile bilmiyorsun!!!

İSHAK — Seni ben mi çağırdım!?

Kaldı Cemil... Yine pantolonuna saldırdı İshak...

CEMİL — Ne yapıyorsun?

İSHAK — Pantolonumu ütülüyorum!

CEMİL — Boşuna uğraşma, ütülenmeyecek o!

İSHAK — Ütülenecek!

CEMİL — Ütülenmeyecek!.. Hiçbir zaman!

İSHAK — Ütülenecek! Hem de buz gibi! Çıkınca giyeceğim. Köyde demesinler, koskoca cumhurbaşkanının affettiği adamın pantolonu ütüsüzdür!.. Oturacağım divanhanede, ayağımda bu pantolon! Herkes gelecek geçmiş olsuna, ayağımda bu pantolon! Çay getirecekler.. Ayağımda bu pantolon!... Ulaaaa! Mektubu unuttuk.. Cemil, verelim?

CEMİL — Verelim...

İSHAK — Cemil.

CEMİL — Hı?

İSHAK — Kızdın bana?

CEMİL — Yok.. Kızmadım İshak.. Korkuyorum.

İSHAK — Niye korkisin?

CEMİL — Ölümden İshak...

İSHAK — Korkma ula, beni öldürmeyecekler, mektup yazdık ya!

CEMİL — Ya beni?

İSHAK — Seni? Sen de mi?

CEMİL — Ya.

İSHAK — E, sen de mektup yaz... Sayın cumhurbaşkanı iyi adamdır, seni de affeder!

CEMİL — Senin sayın cumhurbaşkanın beni affetmez.

İSHAK — Aha, siz böylesiniz işte! adam affedecek, sen istemisin!

CEMİL — Tamam İshak, çağır şu gardiyanı hadi!

Dışarı seslendi İshak...

İSHAK — Gardiyaaaan! Ula gardiyaan!

Girdi gardiyan...

GARDİYAN — Ne var gene?

İSHAK — Mektup! Senin yazdığın değil ama... O çok güzeldi!

CEMİL — İshak! Parayı ver...

Cemil'in uzattığı parayı aldı İshak...

İSHAK — Sağol.. Çıkınca öderim..

CEMİL — Ver şunu İshak!

İshak parayı ve mektubu verdi gardiyana... Gitti gardiyan.. Gitti mektup...

İSHAK — Mektup işini de hallettik. Kaç günde gider?

CEMİL — Bilmem.. Bir hafta da falan...

İSHAK — Bir haftada gitse, bir haftada annem cumhurbaşkanına gitse, iki hafta.. E, o zaman iki hafta sonra ben çıkarım, öyle değil mi?

CEMİL — Öyle...

Hücrelerin olduğu bölümden türkü duyulmaya başladı yine:

SES — Bir mumdur iki mumdur.
Bir mumdur iki mumdur.
Bir mumdur iki mumdur...

Metal sesli insanların bağırtıları duyuldu sonra:

SESLER — Kes ulan şunu ibne! Bizi deli mi edeceksin! Adını söyle ulan adınıı!

Cemil parmaklığa gitti.. Kulak kesildi...

CEMİL — İshak, kim bu türkü söyleyen?

İSHAK — Bilmiyem.. Siyasidir.. Devamlı bu türküyü söyli.. O da siyasidir.. Maynaktır...

Cemil'in ters baktığını görünce, hemen konuyu değiştirdi İshak...

İSHAK — Bence cumhurbaşakın seni de affeder.

CEMİL — Niye affetsin ki?

İSHAK — Çünkü akıllı adamdır. Biliyor ki idam yanlıştır.. Şimdi, ben birini vurdum, mahkeme de beni vursa, lazım biri de mahkemeyi vursun: e, kan davası da böyledir..

CEMİL — Sen nereden biliyorsun, cumhurbaşkanının akıllı bir adam olduğunu?

İSHAK — Biliyorum tabiii. Akıllı olmasa cumhurbaşkanı olabilir mi?

İshak, yatağın altından pantolonunu çıkarırken, bir tomar jelatinli kağıt saçıldı yere...

CEMİL — Onlar ne öyle?

İSHAK — Ula ben unutmuşum bunları.. Cıgara kağıdıdır.

CEMİL — Jelatin.

İSHAK — He, kebap kağıdıdır. Kendime topluyorum.

CEMİL — Ne yapacaksın?

İSHAK — Lazımdır.. Bunlardan bin tane toplayana araba verilermiş, gardiyan söyledi.. Tekerlekli araba...

CEMİL — Tekerleksiz araba olmaz zaten İshak.

İSHAK — Yahu hani sakatlar biniyorlar ya... Ondan..

CEMİL — Ne yapacaksın sakat arabasını?

İSHAK — Lazımdır.. Çıkıncı birisine veririm. Sevaptır.. Cemil.

CEMİL — Söyle..

İSHAK — Bu kağıtlar ayna gibidir ama insan bakınca kendisini görmüyor. Niye?

CEMİL — Tamam artık, soru sorma İshak.. Yatacağım ben.

- II -

Ne kadar zaman geçti, kimse bilmiyor.. Kimse de merak etmiyor zaten.. Bir şafak vaktini söyledi saatler.. Uyuyordu İshak.. Uyuyordu Cemil...... Açıldı demir kapı. Girdi gardiyan.. Uyandırdı içeridekileri... İmamı, bir adım gerisinde duruyordu gardiyanın.. Ve diğer ölümlüler...

GARDİYAN — İshak... İshak...
İSHAK — Hı? ne var?
GARDİYAN — Kalk... Vakit geldi.. Gidiyoruz..
Içinden bir şeyler söküldü Cemil'in
CEMİL — Nereye?
Birden havalara sıçradı İshak...
İSHAK — İşte! Günüm geldi! Çıkıyorum Cemil... Dur dur.. Pantolonumu...
Aldı pantolonunu yatağın altından...
İSHAK — Aha! Göri misin Cemil, pantolon da ütülen miş!.... Tam zamanında hem de...
Artık ne duyuyordu, ne de görüyordu İshak...
CEMİL — İshak.
İSHAK — Tam zamanında ütülendi! Hem de tam zamanında! Mektup işe yaradı göri misin Cemil! Bi dakka gardiyan kardaşım pantolonumu giyeyim.

Hırsla giymeye başladı İshak...

İSHAK — Cemil kardaşım, benim için ettiklerini unutmayacağım! Ben gidiyorum, darısı başına.. Bak, şu mektup işini bir daha düşün!.. Merak etme hep seni ziyarete geleceğim.. Bak kurtuldum göri misin Cemil. Dedim sana akıllı adamdır.. Tam zamanında ütülendi.. Akıllı olmasa pantolonu ütüsüz olur mu? Öyle değil mi Cemil.. Öyle değil mi...

CEMİL — Güle güle İshak.. Mektup yazdır..

İshak'ı sürükleyerek götürdüklerinde hâlâ bağırıyordu...

İSHAK — Tam zamanında ütülendi gördün mü Cemil.. Bak sen ütülenmez diyordun ama ütülendi işte hem de tam zamanında değil mi Cemil! Öyle değil mi Cemil! Cemiiil!!

Taş zeminin ortasında, zeminden daha taş bir duruşla kaldı Cemil.. Ve tek bir ses duyuluyordu artık...

Bir mumdur iki mumdur..
Bir mumdur iki mumdur..

1989

a ğ r ı y a n (I I)

SEVİM TAŞAN BENİM!

- I -

Karanlıkta radyo spikerinin sesi duyulur...

RADYO SPİKERİ —...Uzun süredir kamuoyunu meşgul eden, kadın terörist Sevim Taşan'ın yakalanması için başlatılan geniş çaplı operasyonlar sürüyor. Sürekli kılık değiştirdiği için kamuoyunda Binbir Surat Sevim olarak anılan teröristin, bir türlü yakalanamaması emniyet teşkilatını güç durumda bıraktı...Emniyet Müdürü Mehmet Öztopuz eleştirilere karşılık, yaptığı açıklamada "Sevim Taşan on iki saat içinde yakalanmazsa istifa edeceğim" dedi...

Yavaşça aydınlanan karakolda gergin saatler yaşanmakta.. Komiser telefonda ter atmakta.. Komiser Yardımcısında derin sessizlik...

KOMİSER — Tabii efendim. Haklısınız efendim.. Ayrıca beni bu göreve seçmeniz duygulanmama sebep oldu efendim.. Zaten yakalamak üzereyiz efendim.. Çok güzel bağırıyorsunuz efendim. Ne güzel kapattınız telefonu efendim.. Hörmet ederim efendim..

Komiser telefonu kapatır ve yumruğunu masaya vurur..

KOMİSER — Nerede ulan bu kadın?! Bulamadınız değil mi? Akraba evililiklerin talihsiz mahsülleri!.. Ah, ülserim azdı gene.. Amir saat üçte buraya gelecek! Nerede ulan bu kadın?

Bekçi Rıza ve Temizlikçi Kadın Hatice Bacı hızla içeri girerler..

BEKÇİ — Getirdim amirim!

KOMİSER — Kimi getirdin?

BEKÇİ — Kadını amirim!

KOMİSER — Kadını mı?

BEKÇİ — Amirim gelecek dediniz ya amirim! Amirim gelince ortalığı temiz görsün, dediniz ya amirim! Ben de düşündüm, amirime karşı, amirim mahçup olmasın, amirim ortalığı pis görürse amirime kızar, beni de döver sevdiğim.. yani amirim!

KOMİSER — Rıza! Evladım! Ne diyorsun sen be!

BEKÇİ — Amirim gelecek dediniz ya amirim!

KOMİSER — Eee?

BEKÇİ — Ben de amirim gelince ortalığı temiz görsün diye, temizlikçi kadın getirdim amirim.. Tanıştırayım amirim.. Amirim, temizlikçi kadın!

KOMİSER — *(Yardımcısına)* Suat! Bu Rıza'yı götür, klozete dök! Üstüne de sifonu çek, gel!

HATİCE — Müsaadeniz olursa, ben vazifeme başlayabilir miyim, hanımım!

KOMİSER — Hanım mı?

BEKÇİ — Amirim kusura bakmayınız, Hatice Bacı ekseriyetle ev temizliğine gittiği için, ağız alışkanlığı mahiyetinde bir dil sürçmesi iktiza etti amirim!

KOMİSER — Sus Rıza! Sus! Susmakla da yetinme, hızla dışarı çık! Senelik iznini al, memleketine git ve orada öl!

BEKÇİ — Başüstüne amirim!.. Yalnız, ben senelik iznimi, geçen hasat zamanı kullandım amirim?

KOMİSER YARDIMCISI — İzninizle komiserim.. Rıza!

BEKÇİ — Buyrun!

KOMİSER YARDIMCISI — Siktir git!

BEKÇİ — Başüstüne amirim!

Bekçi hızla çıkar...

KOMİSER YARDIMCISI — Hadi sen de, temizlik mi yapıyorsun, ne yapıyorsan yap!

HATİCE — Başüstüne! (türküye ve temizliğe başlar) çıt çıt çıt çedene de sar bedeni bedene.. Dünya dolu yar olsa da alacağım bir tene...

KOMİSER — Ne oluyor be! Ne oluyor!

HATİCE — Müsaadeniz olursa, ben vazifemi yaparken bir türkü okumak mecburiyetindeyim. E, adetim böyle.. (YENİDEN TEMİZLİĞE VE TÜRKÜYE DÖNER) Çıt çıt çedene de sar bedeni bedene.. Dünya dolu yar olsa da alacağım... Kanamalı bir hasta için A grubu er aş negatif kan aranmaktadır. Kan verecek olanların Kızılay Kan Merkezine müracaatları rica olunur.. bir tanee.. Çıt çıt çedene de sar bedeni...

KOMİSER — Bu ne biçim türkü be?

HATİCE — Çok güzel bir türkü! Radyodan duyup ezberledim! Bilhassa bu, ortasındaki kanlı konuşma bana çok dokunuyor..

KOMİSER YARDIMCISI — O bölümün türküyle alakası

yok salak! Yayını kesmişler!

HATİCE — Kesmişler mi? Kim kesmiş?

KOMİSER — İşine bak hadi, işine!.. Hey allahım bir bu eksikti.. Suat ne yapacağız oğlum? Bir çare söyle.. Vaktimiz azalıyor!.. Amir de bize güvenerek istifa edeceğim, diyor.. El kondüsyonuyla gerdeğe giriyorlar!

KOMİSER YARDIMCISI — Komserim, iz üstündeyiz ama kadının eşgali belli değil! Böyle bir kadın var mı, yok mu, o bile belli değil!

KOMİSER — O ne demek öyle?

KOM. YARD. — Basının çizdiği bir tip var ortada.. Gazeteler bir canavar yarattı, bize de yakalamak düştü!.. Amire söyleseniz, iki gün sonra gelse?

KOMİSER — Ulan adam bize içli köfte yemeye mi geliyor? Ne diyeyim yani? "Bugün çamaşır günümüz, iki gün sonra buyrun" mu diyeyim?.. Ah.. ülserim.. Saat üçe kadar bu kadını bulmak zorundayız!

KOM. YARD. — .... Daha doğrusu ...... BİR KADIN bulmak zorundayız.. Eşgali bilinmediğine göre..

KOMİSER — .... Eveeet! Bravo lan Suat! Netice itibariyle, herhangi bir kadın bizim işimizi görür!

KOM. YARD.— Tabii. Yeter ki, sırtı zayıf, aldığımızda gürültü çıkarmayacak biri olsun.

KOMİSER — Nereden bulacağız bu kadını?

Komiser ve Yardımcısı, durur, düşünür ve aynı anda, aynı karara varıp Hatice'ye dönerler.. Birbirlerine bakarlar.. İşte, aradıkları kadın bulunmuştur.. Komiser hemen telefona koşar...

KOMİSER — Alo.. Benim, sayın amirim! Müjde efendim müjde! Sevim Taşan'ı yakaladık efendim! Evet efendim!.. Hayır efendim, maalesef sağ olarak!.. Yok efendim, bizim terfide falan gözümüz yok.. Ama siz nasıl münasip görürseniz. Tabii efendim, derhal basına ve televizyona haber veriyoruz efendim!

Komiser telefonu kapatır... Ferahlamıştır..

KOMİSER — Güzeeel.... Şşşt.. Sen.. Gel bakayım buraya gel..

Hatice komiserin yanına gelir..

KOMİSER — Senin adın ne?

HATİCE — Hatice.

KOMİSER — Bak Hatice, bu böyle olmaz. Senin adın da Hatice, benim adım da Hatice! Karışıklık oluyor. Onun için bundan böyle senin adın Sevim Taşan olsun!

- II -

Hatice, üstü silah ve örgütsel dokümanla dolu masanın ardında teşhir edilmekte.. Basın mensupları fotoğraf çekmekteler...

HATİCE — Ne oluyor? Yahu kardeşim kirletmeyin ortalığı! Daha yeni temizlemişim.. Basmayın!.. Çamurlu ayaklarınızla ortalığı kirletmeyin!

Radyo spikerinin sesi duyulur...

RADYO SPİKERİ — Sevim Taşan, basına gösterildiği sırada, "çamurlu ayaklarınızla yolumuzu kirletemeyeceksiniz! Zafer bizim olacak!" şeklinde slogan attı!.. Teröristin evinde yapılan arama sonucunda, bir adet uzun namlulu koca, çeşitli çap ve markada yoksulluk ve çok sayıda örgütsel doküman bulundu!

- III -

Sorgu odası... Hatice sandalyede oturmakta.. Yüzünde sorgu ışığı.. Sivil Sorgucu sandalyenin etrafında dolanıp durmakta.

SORGUCU — Ne alırsın. Sana bir meşrubat ikram edelim. Gazoz? Kola?

HATİCE — Yok.. Sağolun, miğdemi ağrıtıyor.

SORGUCU — Merak etme, miğdene bir şey olmaz. İçmeyeceksin ki!

HATİCE — Ya?

SORGUCU — Bize şişesi lazım!

HATİCE — Nasıl yani?

SORGUCU — Yani, Sevim Taşan olduğunu inkar etmeye devam edersen, birazdan anlayacaksın!.. Konuş.. Anlat!

HATİCE — Ne anlatayım?

SORGUCU — Ne bileyim canım? Başından başla istersen.. Sanat hayatına nasıl atıldın? Sahneye sadece para için mi çıkıyorsun? Yeni projeler var mı?

HATİCE — .... Demek ki aradıkları kadın artis...

SORGUCU — Konuş hadi, konuş! Anlat! İsimler! örgüt evleri!!?

HATİCE — Yahu şiddetli bir yanlışlık oluyor. Bir karışıklık oluyor.. Ben ne anlatabilirim ki!? Bizim gibilerin hayatında anlatacak dört kelime var: Doğdum.. Evlendim.. Çalışıyorum.. Çalışıyorum!

SORGUCU — İnkar ediyorsun yani? Gözlerimin içine baka baka, Sevim Taşan olduğunu inkar ediyorsun!.. Bak, ben alanında uzman bir şahsiyetim.. Çeşitli üstadlardan ders aldım. Meşhur işkenceci Elektrik Kontağı Hamdi Efendi'nin öğrencisiyim. Elimden kimse kurtulamaz!

HATİCE — Öyle mi?.. Peki, hani artık karakollar naylon olacaktı?

SORGUCU — Naylon mu? Ne naylonu?

HATİCE — Yok ula yok, şeffaf diyecektim şeffaf!

SORGUCU — Haa.. öyle zaten.. Bizim kimseden gizlimiz saklımız yok ki! Herkes, burada neler olup bittiğini biliyor. Hatta bu sorguları İnter Star yayınlamak istedi de, parada anlaşamadık!

HATİCE — Öyle mi? Ayrıyeten bir de şu husus var, hani karakollor pembekol olacaktı?.. Gerçi ha pembe, ha kara! Neticede kol değil mi?.. Bak, güzel kardaşım, muhabbet hoş da, daha bir sürü işim var.. Ortalık öyle pis kaldı. Amir beyden fırça yiyeceğim.. Polis milleti bunlar, belli olmaz ki.. Başım belaya girecek.. Ne oluyor burada? Neyse ben gideyim artık.. Çocuklar evde açtır, geç kalıyorum..

SORGUCU — Otur ulan, oturduğun yerde!.. Böyle saf ayaklarına yatıp, kurtulacağını zannetme!.. Anlaşılan o ki, sen tatlı dilden anlamıyorsun!.. Ben sana biraz kablo getireyim!

HATİCE — Ne kablosu?

SORGUCU — Elektrik kablosu!

HATİCE — Ne?! Yahu ben size ne ettim ki!? Ne suç işlemişim?

SORGUCU — Devlet düşmanlığı yapmışsın! Devlete karşı gelmişsin!

HATİCE — Ben mi? Ben nasıl yapabilirim? Biz devleti tam görmemişik bile!.. Biz gideriz devlet kapısına, kapının üstünde şöyle yazar: GİRİLMEZ!.. yahut da İŞİ OLMAYAN GİREMEZ.. Biz de girmeyiz.. Devlet askerdir, polistir, bir de korucular var şamdi köyde! Benim adım Hatice, soyadım Durdu, buraya temizlik için geldim..

SORGUCU — Peki, örgütü yeniden toparlamak için ülkemize kim sızdı? Kim, bu vatanı bölüp, parçalayıp, suyunu sıkmak istiyor? Bu vatanın suyuna pilav yapmak isteyen kim? Bizim pilavımızı düşmanlara yedirmek isteyen kim? Hı?

ATİCE — Vallahi bizim böyle şeylerle alakamız yoktur! Korkarız biz.. Kocamla ikimiz, seçimlerde oy bile vermeyiz! Gider, paşa paşa cezamızı öderiz!.. Hoş, oy versek de cezamızı çekiyoruz, vermesek de.. Hem ben, yürüyüşüme bile dikkat ederim. Protesto mrotesto zannetmesinler diye yavaş yavaş yürürüm. İşten eve, iki günde gidiyorum bu yüzden.. Uzun sürüyor yani! Hem sonra devlet bize ne derse biz onu yaparız. Vergi öde derler, öderiz, fiş topla derler, toplarız!

SORGUCU — Tamam işte! Topladığın fişler sana elektrik olarak geri dönecek!.. Sen şimdi kötü yaptın Birbir Surat Sevim!.. Beni çok sinirlendirdin!.. Muameleye başlıyorum!

Bakkal çırağı içeri girer...

ÇIRAK — Bakar mısın ağbi?

SORGUCU — Ne var lan? Sen de kimsin.

ÇIRAK — Ben bakkalın çırağıyım. Bakkal ağbim dedi ki, şişeleri alıp alıp parasını ödemiyormuşsunuz! Altı tane şişe kalmış. Ya paraları verin ya şişeleri! Yoksa ağbim sizi polise şikayet edecek!

SORGUCU — Kes ulan sesini! Şişeler verilir mi? O şişeler vatanın bütünlüğünü sağlıyor! O şişeler birer milli kahraman... Ne dersin Binbir Surat, sana altı şişe yeter mi, yoksa bir altı şişe daha getirteyim mi?

HATİCE — .... Kabul ediyorum polis efendi. Ben, Sevim Taşan, memnun oldum!

-IV-

Karanlıkta radyo spikerinin sesi duyulur...

RADYO SPİKERİ — Sevim Taşan, ilk sorgusunda samimi itiraflarda bulunup, pişmanlık yasasından faydalanmak istediğini söyledi.. İfadesini kendi hür iradesiyle verdiğini söyleyen ve pişman olduğu için çok sevindiğini belirten Sevin Taşan: "Bir daha dünyaya gelsem, yine itirafçı olurdum" dedi!

-V-

Komiserin odası... Bekçi telaşla içeri girer!

BEKÇİ — Yakaladık amirim! Yakaladık! Başardık amirim! Bulduk amirim! Tuttuk amirim! Ve getirdik amirim!

KOMİSER — Ne oluyor be? Kimi yakaladınız? Kimi başardınız? Kimi bulup tutup, getirdiniz? Ayrıca bu ne tuhaf cümle?

BEKÇİ — Sevim Taşan'ı amirim! Binbir Surat Sevim'i yakaladık, içeride amirim!

KOMİSER — Biz O'nu yakalamıştık ya?

BEKÇİ — Bir tane daha yakaladık amirim!

KOMİSER — Ne oluyor be? Boğazda Sevim Taşan akını mı var?

BEKÇİ — Bu, sahicisi amirim! Fakat enteresan bir durum var ki, o kadar şeetmemize rağmen, kendisi Sevim Taşan olduğunu kabul etmiyor! Üstünde kimlik de yok! Yani vaziyet şu şekilde amirim: bizim, temizlikçi Hatice Bacı Sevim Taşan olduğunu kabul etti. Fakat essah Sevim Taşan, Sevim Taşan olduğu red ve inkar ederek, Sevim Taşan mevzuunu karışık bir hale soktu amirim!

KOMİSER — Sus be Rıza sus!.... Temizlikçi kadını bırak-sak mı?

BEKÇİ — İfade imzaladı amirim!

KOMİSER — Ne yapacağız peki?

BEKÇİ — Biz de amirim, bunu amirim, size amirim, so-racktık amirim! Fakat bu kadın, fena halde dişli çıktı! Aşağıda kendisine epey muamele yaptık, sana mısın.. veyahut bana mısın, demedi amirim!.. Fakat, bence ikisini aynı hücreye koyarsak, neticeye varabiliriz amirim!

KOMİSER — Hayır!... Bence, ikisini aynı hücreye koyar-sak, neticeye varabiliriz?

BEKÇİ — .... Hiç aklıma gelmemişti! Hay aklınla bin yaşa amirim!

- VI -

Karakol kararırken, hücre aydınlanır... Hatice uzanmış-tır.. Bekçi girer, Hatice'yi dürterek uyandırır...

BEKÇİ — Hatice bacı! Şşt.. Hatice bacı...

HATİCE — Ne var ula ne var!.. Senin yüzünden düştüm buralara!... Git buradan!.. Gözüm görmesin seni!.. Git buradan, git hadi...

BEKÇİ — Senin için getirdiğim döner ekmekleri unutu-yorsun ama!

HATİCE — İstemiyorum artık.. Aylar geçiyor.. Hani beni kurtaracaktın? Yahu sen benim şahidim değil misin? Sen getirmedin mi beni temizliğe?

BEKÇİ — Uğraşıyorum bacım.. Bak, sırf seni kurtarmak için essah Sevim Taşan'ı yakaladım. Fakat inkar ediyor namıssız!.. Yani, senin kurtuluşun, O'nun iki dudağının arasında.. Eğer derse ki "Sevim Taşan benim!", yırttın! Yoksa durum kötü amirim... yani bacım..

Bekçi çıkar... Sevim Taşan'ı içeri iter...

BEKÇİ — Gir hadi!

Bekçi iki kadını başbaşa bırakır.. Sevim, hücrenin bir köşesine çöker.. Yorgundur, her yanı yara bere içindedir.

HATİCE — .... Sen .... Sen .... Sen O musun? O kahpe sen misin he!

Hatice Sevim'in boğazına sarılır.

HATİCE — O devlet düşmanı sen misin he? O, beni mahfeden karı sen misin? Niye kaçıyorsun? Devletten kaçılır mı?

Sevim yakasını kurtarır..

SEVİM — Bırak yakamı be!

HATİCE — Bunlar benim yakamı bırakıyorlar mı?.. Senin yüzünden çekmediğim eziyet kalmadı... Tamam... Madem geldin, bu işi halledelim.. Hadi, onlara benim sen olmadığımı, senin ben olmadığını, senli benli olmadığımızı, senin benim birşeyim olmadığını söyle! Hadi!

SEVİM — ....

HATİCE — Bak, çıkınca seni ziyarete gelirim. Sana yemek

getiririm. Gelir, tünel kazmana yadım ederim..

SEVİM — Ben hiçbir şey bilmiyorum!

HATİCE — O nasıl laf öyle? İnsan kim olduğunu bilmez mi hiç? Hadi güzel bacım, söyle beni bıraksınlar...

Sevim alaylı alaylı bakar..

SEVİM — Yok ya?

HATİCE — Vallahi... Senin haberin yok, beni mahfettiler!.. Ben burada çocuklarla babaları evde.. ne yiyorlar, ne içiyorlar?

Sevim Hatice'yi iter, bağırmaya başlar:

SEVİM — Kes sesini be aşağılık kadın! Boşuna uğraşma, sökmez bu numaralar!.. İğrençsiniz!.. Her yolu deneyeceksiniz değil mi?.. Uydurmadan bir canavar yaratmınız, şimdi de bana kabul ettirmeye uğraşıyorsunuz!.. Siz benim, cani, katil, gözü dönmüş bir canavar olduğum hükmüne vardınız zaten. Gazeteler de yazdı.. Artık kabul etsem ne olur, etmesem ne olur? Mahkemeye ne hacet? Hüküm peşinen verilip infaz yapılıyor zaten!.. Ama her yolu deneyeceksiniz değil mi? Üstü çizilmiş bir hayatın ne önemi var sizin için! Bir insan daha harcamış olacaksınız o kadar!.. Sizin için önemli olan, televizyona çıkarıp "İşte teröristleri yakaladık!" demek........... Niye anlatıyorum ki bunları?

HATİCE — Ne? ....: Yahu sen ne anlatıyorsun?

SEVİM — Boşuna uğraşma, diyorum!.. Senin polis olduğunu biliyorum!

HATİCE — Ne?!

SEVİM — Bana bak, bu iğrenç oyuna bir son ver artık!

Bana, hiçbir şey, hiçbir şey söyletemeyeceksiniz!.. Hatırlamıyorum! Bilmiyorum! Duymadım!

HATİCE — Ben mi polisim? Ben mi? Ben mi?

Hatice ağlamaya başlar....

HATİCE — Ben mi? Ne polisi yahu? Allahına kurban olduğum, ne polisi? Ben polis değilim! Ben Sevim Taşan'ım!.. Yok.. O da değilim.. Ben Hatice Durdu.. Onun bunun pisliğini temizlerim. Şimdi kimin pisliğini temizletiyorlar bana? Kimim ben? Demek ki var bende birşey! Devlet bu, boşuboşuna yapmaz ki! Herhal, ben bir şey yaptım.. Ama tam ne yaptığımdan benim de haberim yok!.. Allah kahretsin! Devlete karşı geldim ben! Allah beni kahretsin! Allah beni kahretsin!..

Hatice hücrenin bir köşesine yığılır, sessizce ağlamayı sürdürür. Sevim, bir süre Hatice'yi izler.. Sonra yanına sokulur.

SEVİM — Peki .... Sen .... Kimsin sen.

İşte Hatice'yi çıldırtan soru!

HATİCE — Herkes bana bunu soruyor! Ben de bilmiyorum artık! Sevim Taşan'sın dediler, kabul ettim! Evet! Ben Sevim Taşan'ım!

SEVİM — .... Seni buldular demek? .... Niye kabul ettin peki? Nasıl kabul edersin böyle bir şeyi?

HATİCE — Bana sorgu yaptıkları zaman, dört kere sigorta attı bili misin sen?.. Zaten yalan değil ki! Suçluyum ben! Koskoca devlet bu, yalan söyler mi hiç? Bana, "Sen Sevim Taşan'sın!" dediklerine göre, bir bildikleri vardır! Koskoca devlet bu, yalan söyler mi hiç?

SEVİM — Saçmalama! Sen hiçbir şey yapmadın!

HATİCE — Öyleyse niye yaptılar bunu bana?

SEVİM — .... Eee?..... Şimdi ne olacak?.. Direndim... Her şeye karşın direndim, teslim olmadım onlara.. Peki, bu işkenceye nasıl direneceğim? ....Onlara bir suçlu gerekiyordu. O'nu da bulmuşlar işte! Nereden çıktın sen be?... Hadi, bırak ağlamayı da konuşalım biraz... Adın neydi senin?

HATİCE — Sevim...

SEVİM — Hayır, asıl adını soruyorum..

HATİCE — Hatice Taşan........................ Sevim Durdu!... Sevim Hatice!....... Durdu!.

SEVİM — Allahım, aklını yitiriyor bu kadın!.. Ne yapacağım şimdi?.. Bu garibandan ne istediniz be!!!

HATİCE — Bağırma! Sus! Devlete bağırılmaz! Devlet, öyle bir eder ki insanı, mahfeder! Sen kimsin ki, bağırıyorsun devlete!.. Şikâyet edeceğim seni!

SEVİM — Kendine gel Hatice!.. Ne olursun.. Düzelecek her şey.

Sevim dışarı doğru seslenir...

SEVİM — Heeey! Poliiiiis! Buraya bakın! Ben yeniden ifade vermek istiyorum.

HATİCE — Sen hiçbir şey veremezsin. Çekil oradan...

Komiser, Yardımcısı ve Bekçi koşarak içeri girerler...

KOMİSER — Ne oluyor burada?

SEVİM — Ben Sevim Taşan olduğumu...

Hatice herkesi susturacak biçimde haykırmaya başlar:

HATİCE — Evet! Evet! Evet! Evet! Herkesi ben öldürdüm! Hatta eceliyle ölenleri bile! Örgüt mensubuyum ben!

SEVİM — Hatice...

HATİCE — Evet evet, örgüt mensubuyum ben! Beni bu işe, İhsan Sabri Çağlayangil teşvik etti!

BEKÇİ — O da kim?

HATİCE — O, bir çeşit Celal Bayar'dır.. Ve haberlerde yaşar! Ayrıca teşkilatımızda Müzeyyen Senar da vardı! Ama ben emirleri Kayahan'dan alıyordum! İtiraf ediyorum, polis efendi, sarı saçlarımdan ben suçluyum!

SEVİM — Sus Hatice! Yalvarırım sus!

HATİCE — Evet.. Sevim Taşan benim!.. Aslında ben Sevim Taşan da değilim! Nene Hatunum ben! Muhacırlık zamanında cephedekilere lavaş ekmek götürdüm. Ben hiçkimse değilim ulan!.. BEN HİÇ KİMSE DEĞİLİM ULAN! KONUŞ! SÖYLE! CEVAP VER! BEN KİMİM ULAN! KİMİM BEN! KİMİM BEN! KİMİM BEEEEEEEN!

KARANLIK

1992 - Haziran

Kayıp Kentin Yakışıklısı

Yılmaz Erdoğan

Şiirler

....
Soğuk ve şehirlerarası otobüslerde vazgeçtim,
çocuk olmaktan...
ve beslenme çantamda
otlu peynir kokusuydu babam...
.....

Kadınlık bizde kalsın

Yılmaz Erdoğan

Oyun / 8. baskı

Kadınlık bizde kalsın,

ülkemizde ve Avrupa'da yaklaşık

beşyüzbin kişi tarafından izlendi.

Kitaplaştı.

Bir Aşk Daha	Muzaffer Buyrukçu
Telefon Konuşmaları	Muzaffer Buyrukçu
Bulanık Resimler	Muzaffer Buyrukçu
Yüzyıldır Umutsuzluk	Oktay Akbal
Hüzünbaz Sevişmeler	Yılmaz Erdoğan
Kadınlık Bizde Kalsın	Yılmaz Erdoğan
Deniz Orada	Gün Zileli
Nereye Yüreğim	Selma Fındıklı
Gözüm Yaşı Tuna Selidir Şimdi	Selma Fındıklı

Baykuşun Adımı Söylediğini Duydum /Margaret Craven / Ç. Yaprak Erdem
Foto Sabah Resimleri / **Haldun Taner** öykü ödülü birinciliği / Ayşe Kulin
Son Meyhaneci / / **Haldun Taner** öykü ödülü ikinciliği / Çetin Yiğenoğlu
Loş Sokağın Kadınları / **Haldun Taner** öyk. öd. üçüncülüğü /Selma Fındıklı

Milli Fizik Milli Kimya	Selçuk Erez
Aklımızın Ambargoları	Selçuk Erez
İstanbul Nerededir Orada Kimler Yaşar	Selçuk Erez
Trendelenburg Pozisyonu	Selçuk Erez
Köktendinsizler	Selçuk Erez

Pamuk Prensesin Ölümü (3. baskı) /Jeanne Cordelier /Çev. Engin Sunar

Trenhoferolmak	Enis Batur
Türkiye'de Çeviri Eğitimi	Yay.Haz.Turgay Kurultay

Filiz Hiç Üzülmesin / Fotoğraflarla **Sabahattin Ali** / Filiz Ali / İkinci baskı
Bir Tatlı Huzur / Fotoğraflarla **Münir Nureddin Selçuk** /Ayşe Kulin
Canlar Ölesi Değil /Fotoğraflarla**Haldun Taner** / Demet Taner
Bir Destan Rüzgarı / Fotoğraflarla**Yaşar Kemal** / Alpay Kabacalı
Büyük Yolların Haydutu / Fotoğraflarla**Attila İlhan/** Öner Ciravoğlu

imsin Jak Samanon / Fotoğraflı	Liz Behmoaras
lysia ve Işık İnsanları	Sefa Taşkın
ge Rüzgarları	Sefa Taşkın

ıtma Aliye / Ahmet Mithat Efendi (Biyografi)
adın Araştırmalarında Yöntem / Yay. H.Serpil Çakır-Necla Akgökçe
endimizi Savunurken / Rosalind Wisemand / Ç. Lale Akalın

ayıp Kentin Yakışıklısı	Yılmaz Erdoğan
İçin Küçük Şeyler	Turgay Kantürk
Gibi Son	Turgay Kantürk
izde Yüz	Cenk Koyuncu
zun Bir Ayrılık İçin Kısa Şiirler	Nedim Gürsel
Kaldı Kışa	Ahmet Oktay
yler Kitabı - EV	İlhan Berk
rin Uykunun Söylevi	Jean Cocteau /Çev.Halil Gökhan
ustos Parlamaları	Philippe Jaccottet / Ç. Halil Gökhan